Selim Öz
Im J

SELIM ÖZDOGAN

Im Juli

ROMAN

Europa Verlag
Hamburg · Wien

Selim Özdogan, geboren 1971, zweisprachig aufgewachsen, lebt in Köln. Sein Romandebüt gab er 1995 mit »Es ist so einsam im Sattel, seit das Pferd tot ist«, gefolgt von »Nirgendwo & Hormone«, »Mehr« und den Storys »Ein gutes Leben ist die beste Rache«.

»Im Juli« basiert auf dem gleichnamigen Kinofilm von Fatih Akin mit Moritz Bleibtreu als Daniel, Christiane Paul als Juli und Idil Üner als Melek (Wüste Filmproduktion/Senator Film AG 2000).

Die Deutsche Bibliothek – CIP-Einheitsaufnahme

Ein Titeldatensatz für diese Publikation ist bei
Der Deutschen Bibliothek erhältlich

Lektorat: Andreas C. Knigge
Umschlaggestaltung: Kathrin Steigerwald, Hamburg
Fotos: Wüste Film und getty one stone
Innengestaltung: H & G Herstellung, Hamburg
Druck und Bindung: Wiener Verlag, Himberg bei Wien
ISBN 3-203-75260-3

Informationen über unser Programm erhalten Sie beim:
Europa Verlag, Neuer Wall 10, 20354 Hamburg
oder unter www.europaverlag.de

Und immer noch ist Romantik das einzige,
das mich rauskriegt vor die Tür.

Tom Liwa

Guter Mann, wenn ich dir sage,
daß eine Fliege den Pflug ziehen kann,
frag mich nicht wie – sondern spann sie an.

Muhammad Ali

Vorspiel

– Onkel Ahmet ist tot, sagt Isa, zieht die Nase hoch und schüttelt eine Kippe aus der Packung. Melek sieht ihn ungläubig an.

– Scheiße, gottverdammte, plöpp, Herzversagen, eben noch spielt er mit den Kleinen und lacht, und im nächsten Moment ist er tot, ohne Vorprogramm, einfach so.

– Başın sağ olsun, murmelt Melek, mein Beileid, und dann fragt sie: Und jetzt?

– Ich soll ihn in die Türkei fahren, sagt Isa und läßt den Kopf hängen.

– Du sollst was?

– Er hatte nur ein Touristenvisum, wie du weißt, und das ist schon seit zwei Monaten abgelaufen, ihm hat es doch so gut gefallen hier, und wir mochten ihn auch, in der Türkei hat ihn keiner wirklich vermißt, naja, und er ist einfach geblieben, wer rechnet denn damit, daß er so mir nichts dir nichts abkratzt. Er ist illegal, er dürfte nicht hier sein, deshalb hat mein Vater beschlossen, daß ich ihn in die Türkei schmuggeln soll. Ich bin der Jüngste der Familie, ich hab gerade Urlaub, also heißt es gleich: Isa wird das schon regeln, er ist ein guter Junge.

– Du hast doch nein gesagt, oder? fragt Melek.

– Was hätte ich denn machen sollen? Mich entschuldigen? Tut mir leid, liebster Vater, die Jungs und ich haben einen Raum aufgetrieben und haben vor, den Sommer über zu proben, ich kann leider nicht? Nein, morgen früh packe ich Onkel Ahmet in den Kofferraum und fahre los. Das klappt schon, wenn ich abseits der Hauptroute fahre.

– Würdest du es dir noch mal anders überlegen, wenn ich dich darum bitte?

Er sagt nur ein Wort: Melek. In einem weichen Tonfall, halb fragend, halb bittend. Sie kann ihm nicht widerstehen, wenn er so mit ihr redet.

– Sieh mal, sagt Isa nun, es ist doch eine gute Gelegenheit, du kaufst dir noch ein Ticket, wir treffen uns in Istanbul und hängen noch zwei, drei Wochen Strandurlaub dran, scheiß auf den Probenraum, ich fahre doch nicht dreitausend Kilometer, um gleich wieder umzukehren.

Isa nimmt sie in den Arm, Melek zögert noch einen Augenblick, da seine Familie sie nicht leiden kann und ihr der Gedanke, dort aufzukreuzen, unangenehm ist, dann fragt sie: Wo sollen wir uns treffen?

– Heute ist Donnerstag, sagen wir Freitag mittag, in einer Woche, Punkt zwölf, unter der Brücke.

– Yolun açık olsun, sagt Melek, als sie sich verabschieden, mögen dir keine Steine im Weg liegen.

Eigene Dateien. Im Juli

Leichtes Spiel

Die Frau im Reisebüro lacht, als Melek erzählt, daß sie dringend einen Flug nach Istanbul braucht, es ist Urlaubszeit, die Flüge sind alle ausgebucht.

– Wenn nicht ab Berlin, dann eben ab Hamburg, und wenn nicht ab Hamburg, dann eben Frankfurt, sagt Melek gelassen, sie weiß, daß es eine Möglichkeit geben muß. Wenn sie es nicht mal hinkriegt, die Strecke zu fliegen, wie soll Isa es dann schaffen, mit einer Leiche im Kofferraum zu fahren?

Die Frau findet noch einen Platz in der Maschine, die Samstag ab Hamburg fliegt. Melek wollte zwar lieber später fliegen, aber es ist der einzige freie Platz, sie bucht, fährt nach Hause und packt ihre Sachen, nur das Nötigste, es soll ja ein Strandurlaub werden, außerdem will sie direkt los und in Hamburg übernachten, da die Maschine morgens startet. Sie duscht, zieht sich eine Jeans und ein rotes T-Shirt mit einer Sonne vorne drauf an, dreht die Sicherungen raus, wie ihre Mutter es früher immer tat, wenn sie im Sommer in die Türkei fuhren, schließt die Tür ab, und fast vier Stunden später steigt sie in Hamburg aus dem Auto, bedankt sich bei der Frau, die sie mitgenommen hat, obwohl das pausenlose Gerede nervig war. Ihre Schwägerin, das Asthma ihrer Nichte, die Schulden ihres Exmannes, das unbeständige Wetter, die Mücken letztes Jahr in Italien, ihre geschwollenen Füße und das unerträgliche Sodbrennen nach Orangensaft. Melek hat die letzte Stunde gar nicht mehr zugehört, nur ab und zu etwas Zustimmendes gemurmelt. Jetzt steht sie an einem späten Juliabend in Hamburg, die Luft ist angenehm und lau, Melek ist ganz entspannt. Auf der Straße fragt sie einen jungen Mann mit Brille nach einer billigen Übernachtungsmöglichkeit, doch der Mann steht nur da und starrt sie abwesend an. Na, dann eben nicht, denkt Melek und geht weiter, um jemand anderen zu fragen.

Das Glück erkennen

Juli steht wie jeden Tag an ihrem Stand und verkauft Schmuck, sie mag ihren Job, besonders jetzt im Sommer. Das ganze Jahr freut sie sich auf diese paar Monate, in denen sie im Sonnenschein stehen kann und die Leute viel lockerer drauf sind und sich mehr Zeit nehmen, diese Wochen, in denen sie oft neue Menschen kennenlernt und das Leben so herrlich einfach aussieht, in denen man abends im T-Shirt draußen sitzen kann, im Park oder auf einer Treppe, in Ruhe ein wenig Gras rauchen, plaudern, geselliges Beisammensein. Und wenn sie Lust hat, etwas Verrücktes anzustellen, dann tut sie es einfach, weil irgend etwas in der Luft liegt, das sie glauben läßt, alles sei möglich.

Es lenkt Juli auch angenehm ab, so viele Leute um sich herum zu sehen. Sie muß dann nicht an ihre Probleme denken, daß die Kohle nicht stimmt zur Zeit, weil Dorit, die Frau, die ihr den Schmuck liefert, sie beschissen hat, daß sie sich immer öfter mit ihrer Mutter streitet, die will, daß Juli sich einen anderen Job sucht, daß der Vermieter mit Kündigung droht, wegen einer einzigen Nacht, in der sie laut und wild waren.

Ihre Freundin Maja hat heute nichts zu tun und hängt mit Juli am Schmuckstand ab.

– Ich zeige dir gleich den tollsten Typen, den ich in der letzten Zeit gesehen habe, kündigt Juli ihr an.

– Und woher weißt du, daß er vorbeikommt?

– Er kommt jeden Tag hier vorbei.

– Er kommt jeden Tag an deinem Stand vorbei, und du hast ihn noch nicht angesprochen?

– Ich war zu schüchtern.

– Ach nee, du warst zu schüchtern?
– Sieh mal, das ist er, sagt Juli und deutet mit dem Kopf auf den jungen Mann mit Brille, der gepflegt und ein wenig zu brav aussieht, gar nicht so, wie Maja ihn sich vorgestellt hat.
– Sprich ihn an, sagt sie trotzdem.
– Ich weiß nicht.
– Na los, du bist doch sonst auch nicht so, sprich ihn einfach an.

Genau in diesem Augenblick reißt dem Mann die Papiertüte mit seinen Einkäufen, Joghurts, Spaghetti, Konservendosen verteilen sich auf dem Gehweg. Ein wenig unbeholfen klaubt er alles zusammen. Er scheint sich nicht zu ärgern, ganz so, als sei er es gewohnt, daß ihm solche Mißgeschicke passieren.
– Hey, du, ruft Juli, als Maja sie in die Seite stößt. Einen Moment lang ist es ihr peinlich, ihr ist bewußt, wie plump und grob ihr dieses *Hey, du* gerade rausgeplatzt ist, doch sie fängt sich schnell wieder, sie hat wenigstens einen Anfang gemacht. Der Mann sieht zu ihr rüber, das beruhigt sie.
– Komm doch mal her, sagt sie, und ihre Stimme klingt immer noch nicht so weich und sanft und entspannt, wie sie es gerne hätte.
– Du siehst aus wie jemand, der Glück gebrauchen kann, fängt sie an, als er mit der Tüte im Arm vor ihr steht.
– Ich seh wohl eher aus wie jemand, der 'ne neue Tüte braucht, sagt er und schiebt sich die Brille auf die Nasenwurzel, obwohl sie gar nicht runtergerutscht ist.

Juli hält ihm einen Ring vor das Gesicht und fragt:
– Was ist das?
– Eine Sonne.
– Und was ist eine Sonne?
– Ein brennender Gasballon, um den sich die Erde

und die anderen acht Planeten drehen, und das Ganze nennt man dann Sonnensystem.

Das ist nicht ganz die Antwort, die sie erwartet hat. Sie versucht es anders.

– Die Sonne macht Licht, Licht in meinem Leben, Licht in deinem Leben, sie deutet auf Maja, Licht in ihrem Leben. Und ein anderes Wort für Licht ist …?

– Energie.

Er antwortet wie aus der Pistole geschossen, aber zu trocken, findet Juli, zu naturwissenschaftlich, Gasballon, Energie, gleich sagt er noch Reibungswärme oder Thermodynamik.

– Ein anderes Wort für Licht ist Glück, sagt sie.

– Du meinst also, der Ring bringt Glück?

– Ja, genau, das ist ein ganz alter Mayaring, die Legende sagt, daß der Träger dieses Rings sein Glück erkennen kann. Wie ist dein Name?

– Daniel, Daniel Bannier. Und deiner?

– Juli. Wie der Monat. Daniel, das ist ein schöner Name. Möchtest du den Ring haben, Daniel?

– Was soll er denn kosten?

– Fünfzig.

Er zögert.

– Gefällt er dir nicht?

– Doch, er gefällt mir schon, aber …

– Wenn dir was gefällt, warum kämpfst du dann nicht dafür?

– Okay, dreißig.

– Vierzig.

– Fünfunddreißig. Mehr hab ich nicht dabei. Aber ich will diesen Ring.

Juli lächelt und steckt ihm den Ring an den kleinen Finger.

– Daniel, sehr bald wird ein Mädchen auf dich zukommen, und es wird eine Sonne tragen, genau wie du. Diese Person, und nur diese, ist dazu bestimmt, dein Glück zu sein. Halt also die Augen offen.

Sie hält ihm noch einen Flyer für ein Niños-con-bombas-Konzert an diesem Abend hin, und als er es nimmt, berühren sich ihre Hände wieder. Länger als es sein müßte.

– Komm doch mal vorbei.

Als er weg ist, fragt Maja:

– Wer war das?

– Das? Das war Daniel Bannier.

– Ja, aber ich mein, wieso findest du den so toll? Sieht nach einem glatten, etwas langweiligen Typ aus.

– Jedesmal, wenn er hier vorbei geht, kann ich etwas fühlen, genau hier, Juli zeigt auf ihr Sonnengeflecht, als würde da drinnen etwas anfangen zu strahlen und Wärme abzugeben. Ich glaube, er ist es.

– Und was willst du jetzt tun?

Juli starrt immer noch in die Richtung, in der Daniel verschwunden ist, und hat Majas Frage nicht gehört.

– Hey, Juli.

– Ja.

– Was willst du jetzt tun?

– Ich ziehe mein blaues Kleid mit der Sonne drauf an, und wir gehen heute abend aufs Konzert.

– Und wenn er nicht kommt?

– Er wird kommen, glaub mir, ich kann es fühlen.

You are always on my mind Juli und Maja fahren auf ihren Rädern durch die Nacht, zum Konzert, es ist ein warmer Abend, Juli hat gute Laune, sie singt *You are always on my mind* und freut sich darauf, Daniel zu sehen. Sicher wird er den Wink mit der Sonne verstehen und, wer weiß, vielleicht heute abend schon eine weitere Sonne entdecken, noch mehr Licht, noch mehr Energie, noch mehr Glück. Es geht ein Stück bergab, Juli nimmt die Füße von den Pedalen und streckt die Beine nach vorne, wirft den Kopf in den Nacken, spürt den Fahrtwind in ihren Dreadlocks und hört das Geräusch. Pfffffft. Nein, bitte nicht, bitte nicht gerade jetzt, denkt sie noch, und dann schlackert schon ihr Lenker, und ihr Vorderrad holpert auf der Felge. Scheiße, ruft sie laut. Maja hält neben ihr, Juli ist abgestiegen und tritt gegen ihr Rad.

– Komm, ist doch nicht so schlimm, ich nehme dich hinten drauf, sagt Maja.

– Wir sind eh schon spät dran und dann ausgerechnet so was.

Juli schließt ihr Rad an einen Laternenpfahl und setzt sich auf Majas Gepäckträger. Auf dem alten Hollandrad kommen sie zu zweit nicht besonders schnell vorwärts, die Kette müßte mal geölt werden, das Tretlager knackt laut bei jeder Pedalumdrehung, doch schon bald singt Juli wieder, diesmal um sich davon abzulenken, daß es schon spät ist und sie nur so langsam vorankommen.

Ein brennender Gasballon

– Entschuldige, entschuldige, entschuldige bitte.

Der junge Mann, den sie gerade nach dem Weg gefragt hat, läuft Melek nach, sie bleibt stehen.

– Ich war grad nicht so ganz bei mir, sagt er, sein Atem geht schnell, er wirkt ein wenig gehetzt, findet Melek, er schiebt sich seine Brille zurecht und fährt fort.

– Es gibt da eine Jugendherberge, die ich kenne, ich kann dich gerne hinbringen, wenn du möchtest.

– Hast du denn nichts vor?

– Nein, nein, ich bin hier nur so langspaziert.

Sie gehen ein paar Schritte zusammen, und Melek fragt ihn, wie er heißt.

– Daniel, Daniel Bannier. Und du?

– Melek.

– Das ist ein schöner Name. Wo kommst du her, Melek?

– Aus Berlin.

– Und du kennst dich nicht aus in Hamburg? Möchtest du vielleicht was essen? Hast du Hunger? Es gibt da vorne einen guten Imbiß.

Melek hat tatsächlich Hunger, und dieser Daniel wirkt zwar etwas verwirrt auf sie, doch sie mag ihn gerne, er hat irgend etwas, das ihr das Gefühl gibt, daß sie ihm vertrauen kann.

In dem türkischen Imbiß hängt ein großes Bild, auf dem der Bosporus zu sehen ist. Melek muß an Isa denken, sie fragt sich, ob er schon aus Deutschland raus ist und ob alles reibungslos geklappt hat. Trotz ihrer anfänglichen Zweifel glaubt sie jetzt daran, daß er es schaffen wird, die Leiche nach Istanbul zu schmuggeln. Sie freut sich schon drauf, ihn zu sehen, einen Moment lang hat sie seine Stimme im Ohr, wie er ihren Namen sagt, wie eine sanfte Frage, auf die er die Antwort schon weiß.

– Das ist Istanbul, der Bosporus, links ist Europa, rechts ist Asien, erzählt sie Daniel und zeigt auf das Bild. Die Moschee da unter der Brücke ist die Ortaköy-Moschee, und der Platz heißt Ortaköy meydanı, der Ortaköy-Platz. Am Freitag um Punkt zwölf Uhr mittags bin ich genau da unter der Brücke verabredet. Schön, nicht? Fährst du auch weg?

– Nein, ich bleibe in Hamburg.

– Mußt du arbeiten?

– Nein, ich bin Referendar, und heute war der letzte Schultag, ich habe frei.

– Was unterrichtest du denn?

– Physik und Mathe.

– Und was machst du so in Hamburg, wenn du frei hast?

– Ich sonne mich auf meinem Balkon, äh, geh in Cafés, Restaurants, fahre an den Strand ...

– Hamburg hat einen Strand? Melek sieht ihn ungläubig an.

– Ja, eine größere Fläche Sand, bevor das Meer anfängt. Das gibt es hier. Äh, möchtest du ihn mal sehen?

On the beach

Am Strand brennen hier und da kleine Lagerfeuer, Grills kokeln, der Geruch von Bratwürsten, Bier und Gras hängt in der Luft, die Musik aus Ghettoblastern vermischt sich mit Lachen und Gitarrenklängen, es sieht aus, als seien alle von der Sommerluft, den Getränken, Gesprächen und dem süßen Rauch so erheitert, daß sie sich wie eine riesige Familie vorkommen, die hier ein Fest veranstaltet. Melek und Daniel freunden sich gleich mit einem Grüppchen an, kriegen Bier ausgegeben, rauchen Zigaretten und verplaudern die Zeit, bis Melek langsam müde wird und ihr wieder einfällt, warum sie Daniel überhaupt angesprochen hatte. Er bietet ihr an, bei ihm zu übernachten, was sie dankend annimmt, die Jugendherberge hat bestimmt schon ihre Pforten geschlossen, und es ist sowieso Unsinn, für die wenigen Stunden Schlaf, die jetzt noch bleiben, zu bezahlen.

In der Wohnung führt Daniel ihr sein Teleskop vor, läßt sie in die Sterne gucken, kocht ihr einen Tee, legt Platten auf, erzählt von seinem Nachbarn, der heute nach Jamaica geflogen ist und der manchmal, wenn er auf Drogen ist, vorbeikommt und sich ebenfalls die Sterne durch das Teleskop ansehen möchte.

– Sonst redet er pausenlos und ist immer ein wenig überdreht, aber wenn er in den Himmel sieht, dann ist er ganz still und in sich versunken. Manchmal steht er dann eine halbe Stunde da, ohne daß ein einziges Wort über seine Lippen kommt, sagt er.

Melek gähnt ein paarmal auffällig, doch Daniel versteht den Wink nicht, er scheint gar nicht müde zu werden, ihm fällt immer noch irgend etwas ein, das er ihr zeigen oder erzählen möchte, und Melek sitzt am Ende auf einem Stuhl und ist hundemüde. Zuerst kommen Daniels Worte noch in ihrem Kopf an, dann hört sie nur noch einzelne Brocken, zusammenhangslos, *Schicksal, Traum, Glück, Sonne, unlogisch, Wahrheit.* Schließlich kämpft sie nicht mehr länger gegen den Schlaf an, und das Dunkel verschluckt sie, als draußen gerade die Sonne aufgeht. Als sie aufwacht, liegt sie in einem Bett, und eine Hand schüttelt sie vorsichtig an der Schulter.

Später am Flughafen küßt sie Daniel zum Abschied auf die Wangen. Er räuspert sich, als wolle er noch etwas sagen, einmal, zweimal, dreimal, dann steckt er die Hände in die Taschen seiner Hose und wünscht Melek einen guten Flug. Einen Moment sieht er aus wie ein Kind, das sich nicht die steile, wacklige Kellertreppe hochtraut, obwohl es weiß, daß es oben hell ist und man keine Angst zu haben braucht vor dicken Spinnen.

Kurz nach dem Start schläft Melek wieder ein und träumt wirres Zeug.

Keine Musik

Maja und Juli sehen Daniel gleichzeitig, wie er gerade mit einer Frau mit dunklen, lokkigen Haaren Richtung Imbiß geht. Maja bremst, Juli springt ab und sieht den beiden hinterher. Sie kann es zuerst nicht glauben, sie hat es doch gefühlt, sie war sich doch sicher, gut, sie war eben ein wenig nervös, weil sie so spät dran waren, aber im Grunde ihres Herzens war sie davon überzeugt, daß es gut gehen würde, und er ist ja auch tatsächlich gekommen, aber wer ist diese andere Frau? Einen kurzen Moment ist sie versucht zu rufen: *Hey, du, Daniel. Daniel Bannier.* Aber was soll sie dann sagen? *Du siehst aus wie jemand, der ein bißchen Glück gebrauchen kann?* Maja nimmt sie in den Arm, aber sie fühlt sich, als sei gerade etwas in ihr zerbrochen.

– Komm, laß uns reingehen und uns betrinken.

– Nee, ich hab jetzt keine Lust, mich zu betrinken.

– Juli, wir gehen jetzt da rein, kaufen uns ein Bier, rauchen in Ruhe eine Zigarette, sehen uns den Rest des Konzerts an, tanzen ein bißchen und lernen zwei schnuckelige Typen kennen, mit denen man Spaß haben kann.

– Ich will keinen Spaß haben. Ich will keine schnukkeligen Typen kennenlernen. Ich will nach Hause.

Einen kurzen Moment fühlt sie die Tränen hochsteigen. Sie tut sich leid. *Ich will keinen Spaß haben.* Wann hat sie das letzte Mal so etwas gesagt? Und das alles wegen einem Typen, von dem sie gerade mal den Namen weiß. Aber er hat den Ring getragen, das glaubt sie gesehen zu haben, er hat ihr geglaubt. Und sie hatte sich selbst auch geglaubt. Das tut sie fast immer. Und meistens klappt es auch. Das war schon als Kind so. Ich bin nur nicht vom Dreier gesprungen, damit die anderen Kinder denken, ich würde mich das nicht trauen, hatte sie ihrer Mutter erzählt, aber die werden Augen machen, wenn wir nächstes Mal im Schwimmbad sind, ich kann nämlich sogar vom Fünfer springen. Und beim nächsten Mal war sie tatsächlich vom

Fünfer gesprungen, und es hatte ihr sogar Spaß gemacht. Aber nun würde es wohl kein nächstes Mal geben.

– Laß uns zu dir gehen, sagt Maja, die sieht, daß es keinen Sinn hat, Juli zu überreden. Doch kaum sind sie da, fängt Juli an, ihren Rucksack zu packen.

– Was wird das denn jetzt?

– Ich fahr weg.

– Jetzt mach doch keinen Scheiß.

– Ich hab keinen Bock mehr, ich kann hier nicht bleiben, ich muß raus. Ich kann nicht morgen früh aufstehen und wieder meinen Stand aufbauen. Ich habe die Schnauze voll von dieser Scheißstadt, alles läuft schief, Dorit bescheißt mich, meine Mutter nervt, der Vermieter kotzt mich an, ich will weg.

– Wohin denn?

– Keine Ahnung, ich stelle mich an die Autobahnauffahrt, und der erste, der anhält, soll entscheiden, wo es hingeht.

– Und wenn der erste nach Niederbayern fährt?

– Dann fahre ich eben nach Niederbayern.

Maja nimmt sie wieder in den Arm.

– Hey, Juli, jetzt mach doch langsam, es sollte eben nicht sein. Schlaf doch mal drüber, morgen ist ein neuer Tag, und vielleicht sieht dann alles ganz anders aus.

– Nein, ich fahre weg, das steht fest.

– Du kannst doch jetzt nicht mitten in der Nacht los, laß uns noch einen rauchen, und dann gehen wir schlafen. Und morgen früh kannst du frisch und ausgeruht losziehen.

– Ich hab jetzt keine Lust zu rauchen.

Maja legt den Kopf auf die Seite, sieht Juli in die Augen und lächelt. Juli lächelt auch, ein gequältes Lächeln, aber immerhin.

– Okay, aber echt nur einen kleinen, damit wir besser einschlafen können.

Trampen Juli steht an der Autobahnauffahrt, ihr Entschluß hat sich nicht geändert, sie hat kein Ziel, wenig Geld, doch sie will weit weg, will ihren Job vergessen, alles in Hamburg vergessen, vor allem will sie Daniel vergessen und dieses Gefühl, das von ihrem Sonnengeflecht ausgeht, wenn sie ihn sieht. Sie hockt einfach auf ihrem Rucksack, hält nicht den Daumen raus, kann doch jeder Idiot sehen, daß sie mitgenommen werden will. Es fahren einige Autos mit Dachgepäckträgern vorbei, Vater am Steuer, daneben Mutter, die sich nicht genau erinnern kann, ob sie den Herd ausgestellt hat, hinten ein, zwei oder drei Kinder, die jetzt schon nach etwas Kaltem zu trinken quäken, ein Pärchen in einem Honda, auf dessen Dach Surfbretter geschnallt sind, ein Vollbärtiger, der ein wenig nach einem Autonomen aussieht und einen R4 fährt. Der hatte doch genug Platz, der hätte sie doch mitnehmen können. Juli fragt sich, wohin der Wind sie wohl wehen wird, und irgendwie muß sie doch wieder an Daniel denken. Was er wohl macht, ob er auch wegfährt oder den Sommer über in der Stadt bleibt. Er sieht aus, als hätte er Geld, er wird wahrscheinlich wegfahren, Costa del Sol oder so, vermutet sie.

Ein alter Granada-Kombi hat angehalten, während sie in Gedanken versunken war, sie steht auf, nimmt ihren Rucksack und sieht das riesige Cannabisblatt, das auf die Tür gemalt ist. Schön, denkt sie, das ist doch schon mal ein gutes Zeichen.

Sie macht die Tür auf – und sieht Daniel. Der grinst sie an:

– Hallo, Juli.

Einen Moment lang glaubt Juli, sie träumt. Ihr Herz schlägt schneller, und obwohl ihre Gedanken rasen, kann sie keinen einzigen festhalten, es ist, als wäre ihr Kopf ganz leer.

– So sieht man sich wieder. Wenn du mit willst, mußt du schon einsteigen.

Daniel scheint gute Laune zu haben, er wirkt viel fröhlicher als gestern, es ist etwas Warmes in seinem Blick, und während Juli ihren Rucksack auf den Rücksitz schmeißt, fragt sie sich, warum er so einen Wagen fährt. Und ihr nächster Gedanke ist: Es ist Schicksal, ich hatte recht, wir sind für einander bestimmt. Alles wird gut.

– Es hat funktioniert, sagt Daniel, als er den Gang einlegt.

– Was?

– Der Ringzauber, es hat funktioniert. Ich war ja skeptisch, es widerspricht aller Logik, aber ich hatte noch nichts geplant für den Abend, und so bin ich auf dieses Konzert gegangen. Es hat mir nicht besonders gut gefallen, es war mir zu voll und zu laut, aber ich habe die Augen offen gehalten. Dann wollte ich eigentlich schon nach Hause, noch einen guten Film ausleihen, die Füße ausstrecken und in Ruhe Video schauen. Dann hab ich sie auf der Straße gesehen. Juli, sie ist so schön, so ein stolzes und doch freundliches Gesicht, so eine unglaubliche Ausstrahlung, es war fast wie im Film. Und sie hatte ein rotes T-Shirt an mit einer Sonne vorne drauf. Ich wollte es gar nicht glauben. Du bist eine Wahrsagerin. Ich hatte das Gefühl, daß alle meine Träume wahr werden können. Melek heißt sie, das ist ein türkischer Name, er bedeutet Engel, schön nicht? Die Frau, die mein Glück ist, heißt Engel. Also auf jeden Fall ist Melek heute morgen nach Istanbul geflogen, und alles, was ich weiß, ist, daß sie am Freitag um Punkt zwölf auf einem Platz unter der Bosporusbrücke sein wird. Da fahre ich jetzt hin. Verrückt, nicht? Ich wollte ja fliegen, aber das nächste Flugzeug, das ich kriegen könnte, geht am Freitag um elf, das ist zu spät. Also habe ich mich ins Auto gesetzt, und jetzt fahre ich nach Istanbul.

– Aha.

Sie schweigen beide, Juli will nicht glauben, was sie gerade gehört hat, noch eben, vor zwei Minuten, war sie glücklich, sie konnte Licht in sich spüren, ganz tief drinnen, sie hatte sich eingebildet, das Warme in seinen braunen Augen hätte mit ihr zu tun, und jetzt? Sie schluckt, sie versucht es zumindest, aber da ist dieser Kloß in ihrem Hals, und ihre Augen werden schon feucht. Was soll sie jetzt tun? An der nächsten Raststätte aussteigen? Und zurück nach Hamburg fahren?

– Und du?

– Ich?

– Wo fährst du hin? fragt Daniel.

– Ich? wiederholt Juli, als sei sie schwer von Begriff. Dann sieht sie alles vor sich, wenn sie diesen Bildern nur glauben kann, dann wird alles gut.

– Ich fahre auch nach Istanbul.

– Wie?

Ein Lächeln huscht über ihr Gesicht.

– Ich fahre, wohin der Wind mich weht. Ich überlaß das Ziel einfach dem Schicksal. Jedes Jahr stehe ich an genau der Stelle, an der du mich mitgenommen hast, und der erste, der anhält, entscheidet, wo es hingeht. Das ist jedesmal ein Abenteuer, du landest an den verrücktesten Orten. Ich war schon in Spanien, in Portugal, in Frankreich und in Afghanistan. Das mußt du dir mal reinziehen, bis nach Afghanistan. Und dieses Jahr ist die Türkei dran, ist das nicht Spitze? Ich freu mich schon drauf, das wird bestimmt super.

Sie reibt sich die Hände und strahlt. Sie glaubt sich wieder. Hoffentlich fragt er mich jetzt nicht über Afghanistan aus, denkt sie. Das ist ihr nur eingefallen, weil sie gestern abend mit Maja Afghanen geraucht hat und in ihre Liste noch ein exotisches Land einfügen wollte, das sich tatsächlich nach Abenteuern anhört, doch Daniel hakt nicht nach, er sagt gar nichts, er starrt auf die Straße, grinst leicht vor sich hin und fährt.

Eine Zeitlang schweigen sie, Juli fühlt sich ganz gut, sie kramt in den Kassetten im Handschuhfach und drückt dann eine von Buju Banton rein. *Upon my face I've got to put on a smile, make up mind just to walk more miles, because I know that: It's not an easy road.* Aber am Ende, wird alles gut, sagt sich Juli, am Ende dieser Straßen wird es hell und freundlich sein, warm. Da werden braune Augen mich ansehen, da wird Musik sein, ein pulsierendes Licht, es wird Rosenblütenblätter regnen, und ich werde strahlen. Ich bin mit Daniel Bannier unterwegs nach Istanbul. Das ist wie im Märchen.

– Ist das eigentlich dein Auto? fragt sie, weil sie sich nicht erklären kann, warum er so einen Wagen fährt.

– Nein, antwortet Daniel, das gehört meinem Nachbarn, der ist nach Jamaica geflogen, und dafür, daß ich seine Pflanzen gieße, darf ich den Wagen haben.

– Und jetzt fährst du nicht nur mit seinem Wagen bis nach Istanbul, sondern läßt auch noch seine Pflanzen vertrocknen, stellt Juli fest.

– Man muß sein Schicksal in die Hand nehmen, wenn sich die Möglichkeit bietet.

– Man muß sein Schicksal in die Hand nehmen, bestätigt Juli. Es gefällt ihr, daß er genauso unvernünftig ist wie sie, als sie sich entschlossen hat, die Stadt zu verlassen.

Daniel scheint es eilig zu haben. Wenn der Verkehr

dichter wird und sie langsamer fahren müssen, wird er nervös und raucht mehr. Er will auch keine langen Pausen einlegen, am liebsten gar keine. Um sich zu entspannen, sitzt er eine Weile auf der linken Arschbacke und wechselt dann wieder auf die rechte. Juli findet das irgendwie süß, auch, daß er immer wieder ein weißes Taschentuch aus seiner Hosentasche holt, sich den Schweiß damit abwischt und es sorgfältig faltet und zurücksteckt. Ein Mann unter dreißig, der die Tropfen auf seiner Stirn und in seinem Nacken mit einem Taschentuch betupft, das hat etwas Lächerliches und Tuntiges, auch etwas von einem Muttersöhnchen, doch Juli findet es auf eine vertrackte Art süß. Das würde Maja nicht verstehen, aber sie kann etwas sehen, das Maja anscheinend nicht sieht.

Als sie das erste Mal richtig Rast machen, sind sie schon in Niederbayern. Sie essen das Zeug, das man an Raststätten halt so kriegen kann, doch Juli schmeckt es, vielleicht einfach schon deshalb, weil sie das Gefühl hat, Daniel und sie würden irgendwie zusammengehören. Sie haben den ganzen Tag in diesem Auto gesessen, er hat mit seiner weichen, melodiösen Stimme von seiner Arbeit erzählt, seinem Nachbarn, dem das Auto gehört, sie hat ihm Witze erzählt und ihn zum Lachen gebracht, sie hat immer wieder seine vollen Lippen angesehen, die ihn ein wenig südländisch aussehen lassen, und sich vorgestellt, wie es sein wird, zum ersten Mal diese Lippen zu küssen, als sei das ganz unausweichlich.

Als sie weiterfahren wollen, springt der Wagen nicht an. Ganz kurz hört es sich so an, als würde der Motor doch in Gang kommen, dann gibt es einen lauten Knall, und es passiert gar nichts mehr. Daniel ist wütend, beruhigt sich aber schnell wieder. Er ruft den Pannendienst und zündet sich eine Zigarette an.

– Das wird schon wieder, sagt er. Der Mann wechselt irgend etwas aus, füllt was nach, das ist eine Maschine, die geht nicht so mir nichts dir nichts kaputt, da gibt es einen ganz einfachen, logischen Grund, und wenn man den Fehler erkennt, kann man ihn beheben. Das ist für einen guten Mechaniker überhaupt kein Problem.

Doch der Mechaniker stellt dann fest, daß sie mit dem Auto nicht weiterfahren können.

– Den können Sie wegschmeißen, der ist Schrott.

Daniel setzt sich auf eine Bank und läßt den Kopf hängen, die Sonne ist mittlerweile untergegangen, Juli setzt sich neben ihn und weiß nicht, ob sie sich freuen soll oder zusammen mit Daniel traurig sein.

– Den können Sie wegschmeißen, der ist Schrott, imitiert sie den Mechaniker, doch Daniel reagiert nicht.

– Wir können doch hierbleiben, der Himmel ist überall blau, versucht sie ihn zu trösten, doch auch darauf reagiert er nicht.

– Wir können trampen, sagt sie dann, laß uns hier übernachten, und morgen früh trampen wir in den Süden. Sie freut sich bei der Vorstellung, zusammen am Straßenrand zu stehen, es hat so etwas Romantisches. Sie freut sich noch mehr, als in dem Hotel an der Raststätte nur noch ein Einzelzimmer frei ist, aber sie versucht, es sich nicht anmerken zu lassen. Heute morgen noch hat sie die ganze Welt verflucht, und jetzt wird sie mit Daniel in einem Bett liegen.

Einzelzimmer

Es ist ein kleines Zimmer mit einem schmalen Bett, einem winzigen Tisch, einem Stuhl, Dusche und Toilette, es gibt noch nicht mal genug Platz für ihre Isomatte, stellt Juli erfreut fest.

Daniel geht duschen, Juli zieht sich bis auf Höschen und T-Shirt aus und setzt sich aufs Bett, hört zu, wie das Wasser rauscht. Es ist warm im Zimmer, sie zieht ihr T-Shirt ebenfalls aus. Wie wird Daniel wohl aus der Dusche kommen? Ein Handtuch um die Hüften? Nur im Slip? Oder ganz nackt? Nein, ein Mann, der sich den Schweiß mit dem Taschentuch abwischt, kommt nicht nackt aus der Dusche. Juli wird unsicher. Als sie hört, wie das Wasser abgedreht wird, zieht sie ihr T-Shirt wieder an.

Daniel kommt in T-Shirt und Slip aus der Dusche, er hat sich offensichtlich auch die kurzen Haare gekämmt. Um besser auszusehen, denkt Juli, für mich, warum sollte man sich sonst die Haare kämmen, bevor man zu Bett geht?

Sie geht an ihm vorbei ins Bad, zieht sich aus und schnurrt behaglich, als sie das Wasser auf der Haut fühlt, das sie erfrischt und belebt, es wird alles gut werden, gewaschen, sauber und duftend werden sie in diesem kleinen Bett liegen, und sie wird seine Haut spüren, seinen Atem hören. Vielleicht erzählt er ihr eine Gute-Nacht-Geschichte, wenn schon sonst nichts passiert. Sie will wenigstens die Augen schließen und seine Stimme hören.

Als sie aus der Dusche kommt, liegt Daniel an einem Ende des Bettes mit angezogenen Beinen auf der Seite und scheint schon zu schlafen. Juli, wieder im Slip und T-Shirt, legt sich hinter ihn, drückt sich fest an seinen Rücken, streichelt sachte seine Brust, doch er reagiert nicht. Sie haucht ihm leise, wie unabsichtlich, in den Nacken. Sie weiß nicht, ob er wirklich schläft oder sich nur schlafend stellt. Sie fährt langsam mit ihren Fingernägeln über sein nacktes Bein. Sie drückt ihr Becken noch ein wenig an seinen Hintern. Schließlich dreht sie sich auf den Rücken und starrt an die

Decke. Daniel schnarcht leise. Juli kann lange nicht einschlafen.

Che und die Freiheitsstatue Juli und Daniel stehen vor einer riesigen Straßenkarte und beratschlagen, welchen Weg sie einschlagen wollen. Gegen Morgen hatte Juli einen Traum, da erzählte ihr der Tätowierer, daß man sich nicht einfach so tätowieren lassen kann, daß eine Tätowierung etwas Magisches ist, das die Persönlichkeit ändern kann, das Schicksal einer Person beeinflussen. Daß man nicht nur rein äußerlich nie mehr derselbe sein wird. Siehst du, hat er gesagt, ich habe hier mit meinen Künstlerhänden ein wenig Zauber mit einfließen lassen, du wirst das Licht finden.

– Wir könnten nach Bari und von dort die Fähre nehmen, schlägt Daniel vor.

– Wir könnten doch auch über Ungarn, Rumänien, Bulgarien auf dem Landweg fahren.

– Das dauert doch viel zu lange. Ich muß am Freitag in der Türkei sein, es ist schon Sonntag, dieses Auto ist nicht mehr fahrtüchtig, und ich will auf dem schnellsten Weg nach Istanbul.

– Daniel, ich hab ein Problem, sagt Juli, ich habe nicht sonderlich viel Geld, ich glaube, ich kann mir die Fähre nicht leisten.

– Ja und, sagt Daniel völlig nonchalant, das ist doch nicht mein Problem.

Hätte sie das nicht sagen sollen? Einfach dem Schicksal vertrauen und erst mal mitfahren bis Bari und hoffen, daß sich was ergibt? Sie will Daniel, und wenn sie ihn nicht kriegen kann, will sie wenigstens bei ihm sein. Ein Truck hupt, und der Fahrer brüllt aus dem Fenster:

– Wo soll's denn hingehen? Soll ich euch mitnehmen?

– Nach Istanbul, sagt Daniel.

– Ich fahre bis Budapest, steigt ein.

Das ist kein Zufall, solche Zufälle gibt es gar nicht, denkt Juli, als sie zu dritt im Führerhaus sitzen, das Schicksal ist auf meiner Seite. Der Trucker hat blonde, strähnige Haare, einen Bart, ein Holzfällerhemd, dessen Ärmel abgeschnitten sind. Auf seinem rechten Arm hat er zwei Tätowierungen, nicht besonders gut gestochen und in diesem Blau, das einen immer gleich an Knast denken läßt. Auf dem Oberarm die Freiheitsstatue, auf dem Unterarm Che Guevara.

– Wie heißt du? fragt Juli.

– Leo. Und ihr?

– Ich heiße Juli, wie der Monat, und das ist Daniel, stellt sie Daniel vor, der da sitzt und kein Wort sagt.

– Leo, darf ich dich mal was fragen? Was sind das für Tätowierungen? will Juli wissen.

– Das sind die Freiheitsstatue und der Che.

– Ja, das sehe ich, aber irgendwie passen die doch nicht zusammen, oder?

– Das eine ist Nordamerika und das andere Südamerika. Und beides sind Symbole für die Freiheit. Ich glaube an die individuelle Freiheit. Was die Menschen aus diesen Symbolen gemacht haben, ist mir egal.

– Da haben wir ja was gemeinsam, sagt Juli.

– Ach ja?

– Ich glaube auch an die individuelle Freiheit.

– Und dein Freund, der auch?

– Das ist nicht mein Freund.

Daniel sagt immer noch kein Wort, er scheint zu schmollen, das gefällt Juli, sie flirtet mit Leo, lacht, gibt die Witze zum besten, die sie Daniel gestern erzählt hat, und Leo macht ihr Komplimente, was für eine talentierte Witzeerzählerin sie doch sei.

– Kennst du den mit dem Frosch, der Jim Beam trinkt? fängt sie an, und schon klopft Leo sich vor Vorfreude auf die Schenkel.

– Ein Frosch, der Jim Beam trinkt, nee, was soll das denn für ein Witz sein? Erzähl doch mal.

Er kriegt sich kaum ein vor Lachen, als Juli zur Pointe kommt, er wischt sich Tränen aus den Augen und kann kaum auf die Straße achten.

– Der ist klasse, Juli. Juli, ein heißer Monat, nicht wahr? Einer, in dem man alles erleben möchte. Magst du es, aufregende Sachen zu erleben?

– Ja, natürlich, ich liebe Abenteuer und Romantik.

Gegen den Drachen kämpfen Gegen Abend sind sie noch in Österreich, Leo hält an einer Fernfahrerkneipe. Daniel hat den ganzen Tag keine zehn Worte gesagt, Juli gibt sich ausgelassen und fröhlich. Daniels Schmollippen haben nichts damit zu tun, daß sie nicht nach Bari gefahren sind, glaubt sie.

Daniel bleibt neben dem Truck stehen, wischt sich den Schweiß mit seinem Taschentuch ab, faltet es und steckt es in die Hosentasche. Dann verschränkt er die Arme vor der Brust.

– Was ist, fragt Juli, kommste nicht mit rein, ein Bier trinken?

– Nö, hab grad keine Lust.

– Ach, komm schon, sei kein Spielverderber.

Leo steht einen Moment unschlüssig da, dann geht er schon mal vor.

– Komm, ein kleines Bierchen hat noch niemandem geschadet.

Daniel schüttelt den Kopf.

– Ich gehe jetzt da rein, sagt Juli.

Sie war noch nie in so einer Kneipe, und sie hat Lust, sich das anzusehen.

– Ich warte hier.

Juli geht rein, setzt sich neben Leo an die Theke, er bestellt zwei Bier und bietet ihr eine Zigarette an. Juli ist die einzige Frau in der Kneipe, sonst sitzen lauter etwas grobschlächtig aussehende Kerle herum, trinken und rauchen und krakeelen. Wäre sie alleine, hätte sie Angst in so einem Laden.

Als sie mit Leo anstößt und sie sich in die Augen sehen, lächelt er sie an. Er sieht ein wenig aus wie ein kleiner Junge, wenn er lächelt, findet sie. Er hat etwas sehr Kraftvolles, obwohl er fast schon wie ein wandelndes Klischee wirkt, zottelige Haare, abgeschnittenes Hemd, Jeans, spitze Stiefeletten, ein herber Schweißgeruch, der nicht unangenehm ist, kräftige Oberarme, ein brüllendes Lachen, ja Leo, der Name paßt zu ihm, ein Raubtier, ein Raubtier mit einem derben, aber unverkennbaren Charme.

– Hast du das ernst gemeint eben, daß wir das gemeinsam haben mit dem Glauben an die individuelle Freiheit und daß du Abenteuer magst? fragt er.

– Na klar, sagt Juli betont locker und schaut aus dem Fenster nach Daniel, der immer noch mit verschränkten Armen vor dem Truck steht.

– Willst du mit mir gehen?

– Bitte? fragt Juli.

– Kommst du mit mir mit? Bis ans Ende der Welt. Du und ich, Juli und Leo.

Ihr Herz macht einen Sprung, sie fühlt sich geschmeichelt. Sie mag solche Männer. Mutige große Jungs, die einen einfach mitnehmen, die einem mit diesem unschuldigen Lächeln die Welt versprechen. Und ihr Versprechen vielleicht sogar halten könnten.

– Das geht nicht, sagt Juli.
– Glaubst du, er ist der richtige? fragt Leo und deutet mit dem Kopf zum Fenster.
– Ja, sagt sie und nickt.
– Würde er für dich kämpfen?
– Ich würde es mir wünschen, sagt Juli zögernd.
Leo drückt seine Zigarette aus, geht an die Jukebox und drückt *Tell it like it is* von Aaron Neville. Er kommt zurück zur Theke, bleibt vor Juli stehen und fragt:
– Möchtest du tanzen?
– Hier? fragt sie etwas verunsichert.
– Ja, warum nicht?
Er hält ihr die Hand hin, sie ergreift sie, steigt von ihrem Hocker, er legt wie selbstverständlich seine Arme um ihre Hüften, sie legt ihre Hände vorsichtig auf seine Schultern, und sie bewegen sich langsam zur Musik. Gerade als Juli anfängt, sich zu entspannen und Gefallen daran zu finden, mit Leo in dieser dunklen Kaschemme unter den Blicken so vieler Männer zu tanzen, wandern seine Hände tiefer und ergreifen ihren Hintern.
– Laß das, bitte, sagt sie, doch Leo hört nicht auf sie, sondern fängt an, ihren Hintern zu kneten.
– Laß mich los, sagt sie, dieses Mal bestimmter, und bleibt stehen.

Leo preßt sie noch enger an sich und reibt seine Hüften gegen ihre. Juli bekommt Angst, ihr Herz pocht, sie stemmt ihre Fäuste gegen seine Brust und versucht, sich zu befreien, aber er zieht sie noch fester an sich. Sie hört die anderen Männer etwas rufen, doch sie schreien durcheinander, sie weiß nicht, ob sie Leo anfeuern oder ihn dazu bewegen wollen, von ihr abzulassen.
– Leo, hör jetzt auf, bringt sie keuchend raus und stemmt sich noch fester gegen ihn, ohne Erfolg. Sie

schlägt jetzt mit Händen und Füßen um sich, aber sie kann sich nicht aus seiner Umklammerung befreien. Das Geschrei um sie herum wird lauter, dann hört sie seine Stimme.

– Würdest du sie bitte loslassen?

Leo schaut Juli über die Schulter zur Tür, hält sie aber immer noch umschlungen.

– Was? fragt er.

– Laß sie los. Bitte! sagt Daniel.

Das Geschrei der Männer hat jetzt aufgehört, es läuft nur noch die Jukebox, keiner bewegt sich.

– Verpiß dich, sagt Leo.

– Du sollst sie loslassen, habe ich gesagt, brüllt Daniel. Juli hört ihn zum ersten Mal so laut.

Leo schiebt Juli beseite und geht drohend ein paar Schritte auf Daniel zu, der einfach nur dasteht und schwer atmet. Leo stellt sein rechtes Bein hinter Daniels Ferse und schubst ihn mit Leichtigkeit zu Boden. Daniel liegt ein, zwei lange Sekunden reglos da, seine Brille ist ihm von der Nase geflogen. Juli fürchtet, daß er sich weh getan hat. Doch dann rappelt Daniel sich auf und läuft los und rammt seinen gesenkten Kopf gegen Leos Bauch. Es sieht aus wie aus einem schlechten Film, den Kopf voran blind irgendwo gegenrennen, in der Hoffnung, daß dem Gegner die Luft wegbleibt. Nichts, was Juli je bei einer Straßenkeilerei gesehen hätte. Leo stolpert rücklings gegen die Jukebox und hält sich den Magen. Wieder scheint für eine Sekunde die Zeit stillzustehen, dann packt Daniel Julis Handgelenk:

– Komm weg hier.

Er läuft zur Tür und zieht Juli hinter sich her, die sich noch mal nach Leo umdreht. Leo sitzt auf dem Boden, tastet nach seinen Zigaretten. Er zwinkert Juli zu und bekommt ein Lächeln als Dankeschön.

Donau

Niemand ist ihnen gefolgt, sie haben sich ihre Rucksäcke aus dem Truck geschnappt und sind losgerannt. Nun stehen sie an einem Hafen. Auf dem Weg dorthin hat Daniel sich mit zitternden Händen eine Zigarette angesteckt, und beide haben geschwiegen. Jetzt fängt Daniel an zu reden:

– Ich bin für Gewaltlosigkeit, weißt du das? Ich habe mich gerade geprügelt, zum ersten Mal seit zwanzig Jahren. Meine Brille ist weg. Was hast du mir da für eine Suppe eingebrockt? Ziehst mit diesem Typen ab in so eine, so eine ... Spelunke. Ich bin Pazifist.

Er wird immer lauter, und nachdem er Luft geholt hat, wischt er sich schon wieder den Schweiß mit seinem Taschentuch ab. Juli muß grinsen. Er hat für sie gekämpft, sie kann es noch gar nicht richtig fassen. Er hat sich seit zwanzig Jahren nicht geprügelt. Er ist in diese Fernfahrerkneipe mit all den Truckern gestürmt und hat sie befreit. Er ist der Richtige, sie hat es gefühlt.

– Was gibt's denn da zu grinsen, hä? schnauzt er sie an. Findest du das etwa komisch?

– Nein, sagt sie, schüttelt den Kopf und saugt die Wangen ein, um das Grinsen aus ihrem Gesicht zu holen.

– Und wie, bitte schön, sollen wir jetzt weiterkommen?

– Mit'm Kutter.

– Wie, mit'm Kutter?

– Das da vorne ist die Donau, richtig? Und die Donau mündet ins Schwarze Meer, und Istanbul liegt doch am Schwarzen Meer, oder?

– Und du glaubst tatsächlich, es gibt Passagierdampfer auf der Donau, die bis zum Schwarzen Meer fahren?

– Wir klettern einfach heimlich auf eins dieser

Containerschiffe. Du hast doch keine Brille mehr, da gibst du einen wundervollen blinden Passagier ab.

– Sehr witzig.

– Wir können uns doch durchfragen, für ein paar Mark nimmt uns bestimmt eins von diesen Frachtschiffen mit. Zumindest schon mal bis Budapest.

– Und du glaubst, das klappt?

– Vertrau mir, sagt sie, das funktioniert, das kann ich in meinem Knie fühlen.

Sie geht vor, Daniel trottet hinter ihr her, und sie fragt einfach jeden, der nicht nach einem Spaziergänger aussieht:

– Entschuldigung, fahren Sie vielleicht flußabwärts und könnten uns ein Stück mitnehmen?

Fast eine halbe Stunde wiederholt sie diesen Spruch wie ein Mantra, doch sie kriegt immer wieder ablehnende Antworten. *Wir fahren in die andere Richtung. Das ist nicht erlaubt, sonst gerne. Ich nehme aus Prinzip keinen mit. Das kann ich nicht entscheiden. Ich bin hier nur Hafenarbeiter.* Doch Juli läßt sich nicht entmutigen, und schließlich gerät sie an drei Ungarn, die kaum ein Wort deutsch sprechen, und Juli fragt einfach nur noch:

– Budapest?

Die Männer nicken und deuten auf ihr Schiff, dann reiben sie Daumen und Zeigefinger aneinander. Juli lächelt die drei an und klaubt einen Zwanziger aus ihrer Tasche. Die Männer wollen mehr, doch Juli legt die Hände vor der Brust aufeinander und stülpt die Lippen vor. Bitte, wir haben nicht mehr, ehrlich, ich bin ein kleines Mädchen in der großen weiten Welt, und ihr seid starke Männer, die mir und meinem Begleiter bestimmt helfen wollen.

Einer der Männer nickt, neigt den Kopf zur Seite, legt ihn auf beide Hände und deutet dann auf den Boden.

– Okay, sagt Daniel, okay, wir schlafen auch auf dem Boden.

– Köszönöm, sagt Juli, als sie das Schiff betreten. Die Männer sind entzückt und nicken ihr zu.

– Was heißt das, was du vorhin gesagt hast? fragt Daniel, als sie vorne am Bug ein Plätzchen gefunden haben, wo sie sich ausstrecken können.

– Das heißt einfach nur Danke. Ich war schon mal in Budapest, mit der Schule, das ist lange her, und Danke ist das wichtigste Wort, das man in einer fremden Sprache lernen kann.

– Weißt du auch, was Danke auf türkisch heißt?

– Teşekkür ederim.

– Teşekkür ederim, wiederholt Daniel.

– Weißt du, was mir in Budapest am meisten gefallen hat? Das Völkerkundemuseum. Das hat eine wunderschöne Eingangshalle, sagt Juli, total bombastisch, mit riesenbreiten Treppenaufgängen, es sieht ein wenig aus wie ein Märchenschloß. An die Ausstellung kann ich mich gar nicht mehr erinnern. Vielleicht könnten wir morgen kurz dahin gehen. Ich bin sicher, es wird dir gefallen.

– Juli, ich will nach Istanbul, außerdem ist morgen Montag, da haben Museen geschlossen.

Dann legt das Schiff ab.

Afghane

Sie tuckern auf der Donau dahin, sehen auf das Wasser, das sich vor ihnen teilt, und nach den Lichtern, die am Ufer an ihnen vorüberziehen. Erst mit dem Auto, dann mit dem Truck und jetzt auf dem Fluß, fehlen noch Bus und Bahn, dann haben wir alles durch, womit man weite Strecken zurücklegt, denkt Juli. Flugzeuge gelten nicht, da gibt es keine Landschaft, nicht das Gefühl, vorwärts zu kommen, man hat nicht den Eindruck, man sei unterwegs. Der Weg ist das Ziel, heißt es ja, aber beim Fliegen gibt es gar keinen richtigen Weg, da sitzt man nur da und wartet auf die Landung. Juli kann sich kein verliebtes Pärchen vorstellen, das Jahre später noch von einem Flug schwärmt oder auch nur von dem Sex in der engen Toilette. Autos, Laster, Züge, Schiffe, auch Kutschen und Ochsenkarren sind der Stoff, aus dem Gefühle und Erinnerungen gemacht werden, Abenteuer und Reiselust.

– Sieh mal, sagt sie, das blinkende grüne Licht dort drüben. Was glaubst du, was das ist?

– Ein kleiner Junge, der eine Glühbirne an ein paar Batterien angeschlossen hat und gerade das Morsealphabet übt.

Das ist fast genauso eine Antwort wie die mit dem brennenden Gasballon, doch Juli hat gute Laune, sie schert sich nicht weiter drum, sondern packt Blättchen, Zigarette, Haschisch und eine Fahrkarte aus. Sie reißt einen schmalen Streifen von dem Fahrschein ab, knickt die dünne Pappe ein paarmal, rollt sie dann auf und klemmt sich diesen Filter zwischen die Zähne.

Sie zieht ein Blättchen Rizla aus der Packung, legt es mit der Klebekante nach unten auf ihren Schoß, plaziert den Filter darauf. Die Zigarette leckt sie entlang der Naht an, reißt sie auf und streut den Tabak auf das Blättchen. Sie hält den Afghanen mit spitzen Fingern ein wenig in die Flamme des Feuerzeugs und bröselt ihn dann in den Tabak. Sie nimmt das Blättchen in beide Hände, dreht mit Daumen und Zeigefinger einen kleinen langen Kegel. Den führt sie zum Mund, leckt die Klebekante an und klebt sie schon nach einer Umdrehung fest, so daß ein ganzes Stück des Blättchens übersteht, den sie vorsichtig abflämmt. Voilà, ein formvollendeter Joint.

Daniel hat fasziniert zugesehen, aber keinen Mucks gesagt, jetzt fragt er zögerlich:

– Das ist doch Rauschgift, oder?

– Quatsch, das ist schwarzer Afghane.

– Das ist doch illegal.

– Na und?

– Aber da wird man doch doof von!

– Findest du mich doof?

– Nein, aber ... Du bist mit diesem Zeug über die Grenze, wir hätten erwischt werden können, ist dir das klar?

– Ein Krümel, den ich in meinem Schuh versteckt hatte. Ich bitte dich ...

Daniel verstummt, Juli zündet sich den Joint an und inhaliert tief, sie hält den Rauch in der Lunge und reicht den Joint an Daniel weiter. Als sie ausatmet, sagt sie:

– Vertrau mir.

Daniel nimmt die Tüte mit spitzen Fingern, führt sie an die Lippen, nimmt sie wieder runter und fragt ganz unschuldig:

– Ziehen wie bei einer Zigarette?

Juli nickt. Er atmet Rauch ein, die Spitze des Joints glüht in der Dunkelheit auf, er atmet Rauch aus und hustet leicht. Dann wechseln sie sich ab, ein-, zweimal inhalieren, weitergeben, altes Spiel. Juli fragt sich, ob sie genug reingetan hat, damit Daniel auch breit wird. Sie kennt viele, die beim ersten Mal nichts gespürt haben.

– Schmeckt gut, sagt Daniel, schmatzt laut, schnalzt mit der Zunge, atmet durch die Nase ein und fügt hinzu: So ein bißchen wie Seile.

– Wie Seile?

– Ja, wie angebrannte Seile.

Juli muß lachen, sie hatte bei den ersten Malen auch nichts gemerkt, aber dann hatte sie eines Tages den

Geschmack von Lakritz im Mund, behauptete noch ein paar Minuten steif und fest, es würde bei ihr nicht wirken, und dann schienen ihre Augen eine Art Wackelkontakt zu bekommen, es war, als würden sie sich blitzschnell nach links und rechts bewegen. Das hat sie nachher nie wieder gehabt. Ihr Herz schlug schneller, und dann kamen auch schon die ersten Lachanfälle, nur weil jemand das Wort *Stopschild* aussprach.

Daniel guckt ein paar Sekunden irritiert, dann schaut er Juli an und beginnt zu kichern. Sie stimmt mit ein. *Angebrannte Seile.* Sie wischt ihm übers Knie.

– Du hast da Asche.

– Asche, Asche, Asche, fängt Daniel an zu singen.

Sie prusten beide los, das verspricht ganz schön witzig zu werden. Sie haben erst zwei Drittel der Tüte geraucht und sind schon völlig breit. Daniel nimmt den Joint und sagt:

– Die Schüler bei mir in der Schule, die machen das irgendwie so.

Er klemmt den den Filter zwischen Mittel- und Ringfinger, formt die Hände wie zum Eulenruf und saugt die Luft durch seine Daumen ein.

– Die Schüler? fragt Juli.

– Ja, fünfzehn Jahre – alle doof, antwortet er und hustet dabei den Rauch wieder aus.

Sie kriegen einen Lachanfall, daß ihnen die Luft wegbleibt und sie sich den Bauch halten.

– Erzähl doch noch mal den mit dem Frosch, der Jim Beam trinkt, bittet Daniel sie.

– Der hat dir gefallen? Heute mittag hast du keine Miene verzogen.

– Erzähl ihn doch noch mal.

Juli fängt an, aber schon beim ersten Satz müssen sie beide lachen, und es dauert mindestens eine Viertelstunde, bis sie den Witz zu Ende erzählt hat, doch bis dahin ist die Pointe völlig gleichgültig geworden. Juli sagt *Quak, Quak,* Daniel macht sie nach, und sie kringeln sich beide auf dem Boden.

Hinterher liegen sie nebeneinander und schweigen eine Zeitlang, die Juli gar nicht einschätzen kann, fünf Minuten, zehn, zwanzig? Sie fühlt sich wohl und hat gerade keine Lust zu reden. Es ist manchmal so einfach, alle Sorgen sind verschwunden, alle Probleme sind so winzig, daß sie sie gar nicht mehr sehen kann. Dann kriegt sie einen leichten Anflug von Paranoia. Was denkt Daniel jetzt, empfindet er das Schweigen als peinlich, sucht er vielleicht verzweifelt nach Worten, haben sie sich voneinander entfernt? Was denkt er gerade, warum denkt sie darüber nach, was er denken könnte? Gerade, als die Gedankenkette wirklich loslegen will, um Juli zu quälen, sagt Daniel:

– Cool.

Und Juli muß wieder lachen. Brennender Gasballon, Morsealphabet und angebrannte Seile und jetzt das: *Cool.*

– Was ist? fragt Daniel.

– Ach, ich mag nur, wie du das sagst: Cool.

Sie sagt nicht, daß sie seine Stimme sowieso mag, daß sie ihr jetzt im Moment vorkommt wie eine warme, dunkle Höhle, in der sie Schutz finden könnte. Sie kann richtig in seiner Stimme spazierengehen, wenn sie die Augen schließt, sie ist irgendwie dreidimensional. Das kennt sie eigentlich sonst nur von Musik.

– Was für Musik hören Lehrer eigentlich so? fragt sie ihn.

– Also ich, ich höre gerne Jazz. Coltrane, Davis, Lester Young, Chet Baker, Billie Holiday. Und du, du hörst Reggae?

– Nee, eigentlich mag ich alte Sachen am liebsten,

sagt Juli, Oldies, weißt du, Elvis, Chuck Berry ... Magst du auch Oldies?

– Jeden Sonntag, fängt Daniel an, jeden Sonntag bin ich bei meiner Mutter zum Frühstück, und die hört den ganzen Tag nur Oldies. Ich muß sie quasi mögen. Es gibt Oldies zum Kaffee, zum Hörnchen, zu Nutella, zur Marmelade. Meine Mutter hört nichts anderes.

Jedesmal, wenn er Mutter sagt, muß Juli an sein Taschentuch denken, sie kann nichts dafür.

– Zum Beispiel, sagt Daniel und fängt an zu singen: *Blue Moon*. Kennst du das?

– Hmmm, macht Juli, und dann singen sie gemeinsam: *Blue moon, you saw me standing alone, without a dream in my heart, without a love on my own.* Juli wird immer leiser, damit sie seine Stimme besser hören kann. Sie klingt sehr schön, findet sie, und irgendwann verstummt sie ganz, hört nur noch zu. Daniel Bannier singt für sie, um sie herum ist es dunkel, über ihnen der Sternenhimmel, die rhythmischen Geräusche des Wassers, Juli fühlt sich groß in diesem Moment, sie könnte sich über die ganze Erde ausdehnen, weit und weich wie ein Meer.

Augenkino

– Kann ich jetzt wirklich meine Haarspitzen fühlen, oder bilde ich mir das nur ein? fragt Daniel.

– Spielt das eine Rolle? fragt Juli zurück, dann sagt sie: Mach doch mal die Augen zu. Hör nur auf das Wasser, spür den leichten Luftzug. Stell dir vor, du liegst an einem Strand. An einem einsamen weißen Sandstrand mit riesigen, wunderschönen Palmen, es ist total friedlich. Die Sonne scheint hell, sie bringt Licht in dein Herz, der Himmel ist blau, ohne eine einzige Wolke, du hast keine Sorgen und keine Probleme, du kannst einfach nur an diesem Strand liegen. Ein rotgrüner, großer Papagei landet ein paar Meter von dir entfernt im Sand. Siehst du ihn?

– Klar und deutlich, ein Lori.

Juli stützt sich auf ihrem Ellenbogen auf und schaut Daniel an. Er sieht entspannt und gelöst aus. Sie lächelt, dann pustet sie ihm ganz leicht ins Gesicht und sagt:

– Du spürst eine leichte Brise vom Meer, du fühlst dich leicht, ganz leicht, du fühlst, wie dein linker Arm immer leichter wird, leicht, wie eine Feder, du spürst ihn kaum mehr, er wird noch leichter, und jetzt merkst du, wie er sich ganz von allein nach oben bewegt. Du mußt dich gar nicht anstrengen, dein Arm schwebt ganz von selbst Stückchen für Stückchen nach oben.

Juli liegt da und sieht zu, wie Daniels Arm sich hebt. Sie muß grinsen, läßt ihn auch noch den rechten Arm heben und lotst dann beide wieder sachte auf den Boden hinunter.

– Hier ist in dir drin ein kleiner roter Punkt, sagt sie und legt einen Zeigefinger leicht auf die Stelle, wo sein Brustbein aufhört. Du kannst ihn nicht nur fühlen, du kannst ihn auch sehen. Und dieser Punkt wird jetzt langsam größer, er breitet sich aus, wie Wellen, wenn ein Stein ins Wasser fällt. Er breitet sich in deinem Körper aus und läßt ihn ganz warm werden, ganz warm und weich und entspannt, Wellen von Wohlgefühl durchlaufen dich.

Sie beugt sich langsam über ihn, ihre Lippen nähern sich seinen, sie wagt kaum zu atmen, ihr Herz schlägt so schnell und kräftig, daß sie glaubt, Daniel könnte es hören. Was wird passieren, wenn sie ihn küßt? Wird sie alles verderben? Ich zähle bis drei, dann küsse ich ihn, verspricht sie sich, egal, was danach passiert. *Eins, zwei ...*

Die Bergpredigt – Ich kann Melek vor mir sehen, sagt Daniel, auf diesem Platz unter der Brücke.

Juli erschrickt, als er so plötzlich den Mund aufmacht, und zuckt zurück. Ihr Herz bumpert gegen ihren Brustkorb, sie weiß, daß sie ihre Stimme nicht unter Kontrolle hat, sie hat das Gefühl, als würde sie in einen dunklen Schacht fallen. Doch es dauert keine zwei Minuten, bis sie sich wieder halbwegs im Griff hat.

– Was wirst du tun, wenn du sie triffst? fragt sie.

– Weiß nicht.

– Was wirst du ihr sagen?

– Ich habe nicht die geringste Idee. Wahrscheinlich werde ich kein Wort rauskriegen. Wie am Flughafen.

Daniels Stimme klingt ein wenig traurig, aber es ist eine schläfrige, nicht unangenehme Trauer, keine, die einen in den Abgrund stürzt.

– Was würdest du ihr denn an meiner Stelle sagen?

Er fragt sie auf eine Art, als seien sie schon jahrelang befreundet und sehr vertraut miteinander, und als würde er auf ihre Meinung viel Wert legen.

– Na ja, sowas wie: Meine Herzallerliebste, ich bin Tausende von Meilen gegangen, ich hab Flüsse überquert, Berge versetzt, ich hab gelitten und Qualen über mich ergehen lassen, ich bin der Versuchung widerstanden, und ich bin der Sonne gefolgt, um dir gegenüberstehen zu können und um dir zu sagen, daß ich dich liebe, flüstert sie leise, ihre Lippen so nahe wie möglich an seinem Ohr. Sie liegen so dicht beieinander, daß ihre Arme sich berühren.

Sie stellt sich vor, wie es wäre, wenn er diese Worte zu ihr sagen würde. Daniel schweigt ein paar Sekunden und fragt dann:

– Findest du das nicht zu kitschig?

Juli schüttelt den Kopf: Nein, wenn der Prinz nach

überstandenen Gefahren und Abenteuern vor seiner Angebeteten steht, dann sind das genau die richtigen Worte.

– Du würdest das gut finden? hakt Daniel nach.

Juli nickt einfach nur.

– Kannst du das bitte noch mal wiederholen?

Juli sagt den Text noch mal, meine Herzallerliebste, fängt sie an, doch sie ist jetzt traurig, einen Augenblick lang glaubt sie, daß ihr die Stimme wegbleiben wird und daß sie anfängt, hemmungslos zu weinen. Sie stolpert an der Stelle mit den Qualen, hält kurz inne, schluckt, konzentriert sich und bringt den Satz zu Ende.

Egal, wie sehr man für etwas kämpft, egal wie sehr der Weg das Ziel ist und man sich um den Ausgang der Sache nicht schert, es gibt immer wieder Momente, da fühlt man sich zu schwach, da will man alles hinwerfen und irgendwo Schutz suchen.

Früher, wenn sie mit den anderen Kindern draußen Indianer spielte und sie alle keinen Schmerz kannten, da wurde sie manchmal verwundet und lag im Dreck, unfähig sich zu bewegen, aber zu stolz, um zu stöhnen oder um Hilfe zu bitten. Es gefiel ihr, das Schicksal mit so großer Würde zu tragen, selbst wenn es nur ein Spiel war. Manchmal hörte sie dann ihre Mutter, wie sie sich aus dem Fenster lehnte und rief: Steh auf, Juli, du machst dich dreckig, du kommst sofort hoch.

Mutter, denkt sie, sieh, ich liege hier wieder halbtot im Dreck, ruf mich doch bitte rein.

– Juli?

– Ja?

– Danke, daß du uns diesen Kahn hier organisiert hast. Das hast du gut gemacht.

– Gerne, sagt sie.

Daniel setzt sich auf und bietet ihr eine Zigarette an.

Sie rauchen gemeinsam, schweigend, Juli fühlt sich besser, irgendwie fast schon gut, aber so, daß es jeden Moment wieder kippen könnte. Daniel gähnt, und da merkt auch sie, wie müde sie ist. Das wird schön, denkt sie, noch ein wenig breit und mit Bildern, die du nicht richtig festhalten kannst, langsam in den Schlaf zu driften und morgen früh von der Sonne geweckt zu werden. Vielleicht fahren sie dann ja gerade in Budapest ein, rechts das riesige Parlamentsgebäude, links das Burgenviertel, vor ihnen die Magareteninsel, das wäre ein wunderschönes Bild.

– Du hast keine Isomatte, auf der du schlafen könntest, oder? fragt sie Daniel.

– Nein, aber das ist kein Problem, das ist gesund, auf dem Boden zu schlafen, sagt er, nestelt seine dünne Jacke aus dem Rucksack, nimmt zwei T-Shirts als Kopfkissen und legt sich hin.

Juli hat letzte Nacht so wenig geschlafen, daß sie nicht protestiert. Sie mummelt sich in ihren Schlafsack und läßt sich angenehm in den Schlaf schaukeln.

Ausgehen

Melek ist an diesem Abend mit ihrem Cousin Hakan, der Mannschaftsarzt einer Fußballmannschaft ist, und dessen Freundin Esra in einem Laden im Stadtteil Taksim, der Dalga heißt. Sie hat ihrem Cousin erzählt, daß es eine spontane Entscheidung war, nach Istanbul zu fliegen. Sie bleibt immer bei ihm, wenn sie in der Stadt ist, und die beiden verstehen sich sehr gut. Auch mit seiner Freundin Esra, die professionell Basketball spielt, kommt Melek gut klar. Es gefällt ihr nicht, daß sie sich entschlossen hat, den beiden nichts von Isas Tour mit Onkel Ahmet zu erzählen, aber je weniger Leute von dieser Leiche im

Kofferraum wissen, desto besser, denkt sie. Außerdem kann Hakan Isa nicht leiden. Er vergeudet sein Leben, sagt er immer, Musiker will er werden, aber er arbeitet nicht hart genug an sich, er hat kein Talent und keinen Erfolg. Für Hakan ist Isa ein Serseri, ein Nichtsnutz, ein Penner in abgerissenen Klamotten, der nicht erwachsen werden will und den man einfach nicht ernst nehmen kann. Melek hat Hakan erzählt, daß Isa nachkommen wird, weil er noch zu arbeiten hat, aber nicht, daß er mit dem Auto kommt, sonst hätte sie ihm schlecht erklären können, warum sie ihn allein gelassen hat.

Heute mittag hat Isa angerufen. Dein Pennerfreund ist dran, hat Hakan gesagt, als er Melek den Hörer reichte. Es geht ihm gut, er ist in Ungarn, an der österreichisch-ungarischen Grenze haben sie ihn angehalten, um das Transit-Visum zu überprüfen, das man als Türke haben muß.

– Ich habe ihm einfach meinen deutschen Paß unter die Nase gehalten und durfte weiterfahren, hat Isa erzählt, die Grenzen sind kein Problem, das Problem ist, daß Onkel Ahmet langsam anfängt zu stinken in dieser Hitze, ich habe schon Eisbeutel gekauft und in den Kofferraum gelegt, um ihn ein wenig zu konservieren, aber der Erfolg ist gleich null. Ich werde es jetzt mit diesen Wunderbäumen versuchen, ich kauf einfach mal zwanzig Stück, das müßte reichen.

– Isa, hat sie gesagt, Isa, paß gut auf dich auf.

– Melek, mach dir keine Sorgen, ich zieh mir hier gleich einen Gulasch rein, suche mir ein paar coole Nebenstraßen, und ehe du dich versiehst, bin ich da.

Nun sitzen sie hier in dieser Bar, und Melek fällt mal wieder auf, wie wenig Bier in der Türkei getrunken wird. In Deutschland ist man fast schon ein Exot, wenn man in einer Kneipe etwas anderes als ein Bier trinkt. Hier trinken die Leute mehr Kurze, Whisky, Tequila, Wodka, aber letztlich wahrscheinlich weniger Alkohol. Melek mag diese Läden, wo man ohne Damenbegleitung nicht reinkommt. Aber was tun junge Männer, die nach Frauenbekanntschaften dürsten? Gehen sie zusammen an der Promenade spazieren und hoffen darauf, daß sie dort Mädchen treffen, die ihnen dann die Möglichkeit eröffnen, in diese Läden reinzukommen? Oder nehmen sie ihre Schwestern, Basen und jung gebliebenen Tanten mit? Sie will Hakan mal bei Gelegenheit danach fragen.

Der DJ spielt *Onu alma, beni al* von Sezen Aksu, Melek läßt ihren Gin-Tonic stehen und geht zusammen mit Hakan auf die Tanzfläche. Hakan hat eine lustige Art zu tanzen, sein kleiner Bauch hüpft auf und ab, er läßt die Hüften kreisen und vorschnellen wie eine Bauchtänzerin und lacht. Schon bald umringen ihn die Leute, klatschen in die Hände und feuern ihn an.

Als Melek wieder an der Theke sitzt und Esra zuprostet, denkt sie, daß die letzten Tage eigentlich schön waren, dieser seltsame, ein wenig verklemmt wirkende aber freundliche Referendar in Hamburg, dann der Sonntag, den sie mit Hakan, Esra, ihrem Onkel und seiner Frau am goldenen Horn verbracht haben, die herrliche Aussicht, der Tee, die Gespräche, die winzige süße Katze, die an ihrem Tisch bettelte, die Sonne, die Meeresbrise, selbst dieses ewige Geklingel der Mobiltelefone hat sie nicht gestört. Nur daß Isa so weit weg war und daß sie Angst um ihn hatte.

Gegen vier Uhr morgens sitzen sie zu dritt im Auto, Hakan und Esra vorne, und fahren nach Hause, nach Erenköy, als Esra sie bittet, doch zu singen. Melek ziert sich nicht, sie fahren durch die Nacht, die Lichter ziehen an ihnen vorüber, sie hat noch viel getanzt und ein wenig getrunken, hat Sehnsucht nach ihrem Freund verspürt, jetzt ist sie genau in der richtigen Verfassung, ein melancholisches Stück anzustimmen. Sie singt ein Lied, das von Schicksal, Liebe und einer unerträglichen Sehnsucht handelt. Sie hat eine schöne Stimme, und sie kann singen, daß sich einem alle Härchen aufrichten.

– Du hättest Sängerin werden sollen, sagt Hakan, als sie fertig ist, du hast musikalisches Talent im Gegensatz zu ...

– Shhh, sagt Esra, nicht jetzt.

Den Rest der Strecke sagt niemand mehr ein Wort.

Rätsel

Juli wird wach, weil ihr im Schlafsack einfach zu warm wird. Sie blinzelt ein wenig, die Sonne steht schon halbwegs hoch am Himmel, sie möchte noch nicht wirklich aufstehen, der Kahn tuckert dahin, es gibt nichts zu tun, sie kann in Ruhe noch mal wegknacken. Sie zieht den Reißverschluß ihres Schlafsacks runter und dreht sich auf die andere Seite. Das macht sie sehr gerne, morgens, wenn sie Zeit hat, immer wieder nur kurz aufzuwachen, um dann wohlig seufzend noch mal in den Schlaf zu sinken.

Als sie das nächste Mal die Augen aufschlägt, blickt sie auf die zwei T-Shirts, die Daniel als Kopfkissen benutzt hat, daneben die Jacke, aber Daniel ist weg. War er eben auch schon nicht da? fragt sie sich, aber sie weiß die Antwort nicht. Sie strampelt den Schlafsack ganz weg, dreht sich auf den Rücken und wartet, daß er zurückkommt, vielleicht ja sogar mit einem kleinen Frühstück oder zumindest etwas zu trinken, sie ist sehr durstig. Direkt aus dem Schlaf ins Sonnenbad, denkt sie und muß schmunzeln, sie schließt die Augen und genießt die Wärme.

Als sie die Augen wieder aufmacht, ist sie sich nicht sicher, ob sie nicht gerade schon wieder für einige Minuten eingedöst war. Daniel ist noch nicht da, Juli beschließt, noch ein wenig zu warten, schiebt sich eine Hand unter ihr T-Shirt und kratzt sich den Bauch. Sie könnte jetzt wirklich einen Schluck zu trinken vertragen.

Als Daniel fünf Minuten später immer noch nicht aufgetaucht ist, steht sie auf, zieht sich eine kurze Hose und die Sandalen an und geht in Richtung Heck, um ihn zu suchen. Ein ganzes Stück weiter hinten hocken zwei der Männer von gestern abend auf zwei Schemeln, und vor ihnen auf einer Holzkiste sind Brot, Käse, Butter und ein kleines Radio.

– Guten Morgen, sagt Juli, und die beiden Männer schauen zu ihr rüber, nicken ihr zu und deuten kauend auf die Holzkiste. Juli tritt noch ein paar Schritte näher, *let's twist again, like we did last summer* plärrt es aus dem Radio, sie hat augenblicklich gute Laune, das ist ein gutes Stück, um einen Tag zu beginnen, *let's twist again, like we did last year.*

– Habt ihr vielleicht einen Schluck zu trinken? fragt Juli, legt den Kopf in den Nacken und tut so, als würde sie ein Glas Wasser trinken, gluck, gluck, gluck. Einer der Männer reicht ihr dreckig lachend eine Flasche, nur eine Flasche, kein Glas. Juli wischt mit der Hand über den Hals, setzt an und nimmt einen großen Schluck. Sie muß sich beherrschen, es nicht direkt wieder auszuspucken, schluckt den Wodka runter, hustet ein wenig und gibt die Flasche zurück. Die Männer lachen beide, bei Tageslicht sehen sie sehr viel unfreundlicher aus als gestern abend, und jetzt merkt Juli auch, wie unangenehm sie riechen, nach altem Schweiß und Alkohol. Einer sagt etwas und hält ihr die Flasche noch mal hin, doch Juli schüttelt nur den Kopf.

– Wißt ihr, wo Daniel ist?

Keine Reaktion.

– Der mit dem ich zusammen fahre. Mein Freund. Der andere.

Sie gestikuliert unbeholfen, und die Männer starren sie nur verständnislos an. Das müssen die doch verstehen, denkt Juli und sagt: My friend, mon ami, mi compadre, äh ...

Sie versucht es anders. Sie bewegt Zeige- und Mittelfinger beider Hände hin und her, zwei Personen, die gehen. Sie hebt die Rechte und zeigt auf sich, dann hebt sie die Linke, zieht die Schultern hoch, dreht die Handflächen nach oben und sieht die beiden fragend an, die jetzt ungestüm loslachen. Sie halten sich den Bauch, pressen ein paar Worte hervor, die Juli genauso wenig versteht wie diese Heiterkeit. Als sie sich beruhigt haben und keine Anstalten machen, ihr zu erklären, wo er ist, ruft sie so laut sie kann: *Daniel, Daniel Bannier, wo steckst du, Da -ni- el.* Das löst bei den beiden einen erneuten Lachanfall aus. Einer der beiden steht auf, nickt Juli zu, sagt ein paar Worte zu dem anderen, dann stellen sich die beiden etwa zwei Schritte auseinander, die Gesichter einander zugewandt, an den Rand des Kahns, tun so, als würden sie etwas tragen, das sie dann mit viel Schwung über Bord werfen. Wieder brechen sie in Gelächter aus.

– Das ist ein Scherz, oder? fragt Juli, ihr habt ihn nicht in die Donau geschmissen, dazu gab es doch gar keinen Grund. Sagt, daß das nicht wahr ist.

Die Männer nicken eifrig.

Budapest

Juli sitzt auf den Stufen vor dem Völkerkundemuseum, es ist heiß, unter ihren Achseln haben sich dunkle Flecken gebildet, vor ihr steht ein Tetrapack

Eistee, den sie schon zur Hälfte ausgetrunken hat. Es wundert sie, daß so viele Frauen selbst bei diesem Wetter in Nylonstrumpfhosen rumlaufen. Anscheinend ist das die gängige Vorstellung von schön und sexy, hohe Absätze, glänzende Strümpfe, äußerst knappe Miniröcke, ein Bild, dem sie nie entsprechen wollte. Sie mag es lieber einfach und sportlich, weite Klamotten, in denen sie sich wohlfühlt, in denen man auch mal einfach eine Nacht auf einem Kutter verbringen kann, ohne daß man sich Sorgen machen müßte. Das Leben ist keine Modenschau, und wenn man unterwegs ist, schon mal gar nicht.

Sie hat etwas Geld gewechselt, hat im Stehen eine Kleinigkeit gegessen und ist dann so schnell wie möglich hierher gekommen. Es ist Montag, Daniel hatte recht, das Museum hat zu. Es ist der einzige Ort, an dem eine winzige Hoffnung besteht, ihn wiederzutreffen. Die beiden Männer haben sie anscheinend nicht auf den Arm genommen. Daniel ist tatsächlich nicht mehr auf dem Schiff gewesen. Sie hat versucht herauszukriegen, warum sie Daniel wohl über Bord geworfen haben, doch dann ist der dritte Mann dazu gekommen und hat etwas gebrüllt. Danach haben sie Juli völlig ignoriert, all ihr Reden und Gestikulieren war völlig vergeblich. Sie haben ihr noch ein Glas Wasser angeboten und sie wortlos vom Schiff geschickt, nachdem sie angelegt hatten.

Sie kann sich nicht erklären, was passiert sein könnte, Daniel ist doch ein höflicher Mensch, der versucht, Ärger zu vermeiden. Er ist nicht aggressiv, und er hat doch auch keinen Grund gehabt, sich mit diesen Männern anzulegen.

Wenn er mich treffen will, denkt Juli, wird er hierher kommen, das ist der einzige Platz in Budapest, über den wir gesprochen haben, und er ist leicht zu finden.

Wenn er auch nur das geringste Interesse hat, dann wird er heute hier auftauchen. Er kann ja kaum vor mir da gewesen sein, er mußte sich ja erst ans Ufer retten und dann eine Möglichkeit finden, hierherzugelangen.

Sie sitzt da in der Sonne, eine halbe Packung Zigaretten neben sich. Sie hat nicht vor, sich von hier fortzubewegen, wenn es sein muß, wird sie bis zum Abend warten. Jedesmal, wenn sie glaubt, daß etwa eine Stunde um ist, raucht sie eine, schön langsam, Zug für Zug genießend, es ist das einzige, das ihr im Augenblick ein wenig Ablenkung und Trost verschafft. Sie versucht, nicht darüber nachzudenken, was sie tun wird, wenn er nicht auftaucht. *It's not an easy road,* summt sie vor sich hin, um sich etwas Mut zu machen. Es nicht leicht, seinen Weg auf diesem steinigen und dornigen Pfad zu finden, doch man muß es zumindest versuchen, redet sie sich ein, man muß es solange versuchen, bis es nicht mehr die geringste Hoffnung gibt. Erst dann darf man aufgeben. Und für das Glück ist kein Preis zu hoch.

Die Packung ist leer, die Sonne geht langsam unter, und Juli sitzt immer noch vor dem Völkerkundemuseum. Sie weiß nicht, was sie nun tun soll, wohin sie gehen soll, wo sie schlafen kann, was am nächsten Tag wird. Sie kann sich nicht entscheiden, sich einen Platz zum Schlafen suchen und morgen noch mal hierherzukommen. Es könnte ja sein, daß Daniel es nicht so schnell geschafft hat. Oder soll sie weiterfahren und darauf hoffen, ihn in Istanbul zu treffen? Es ist schon dunkel, als sie beschließt, wieder das Schicksal entscheiden zu lassen. Sie nimmt ein 100-Forint-Stück, das gefällt ihr am besten, in der Mitte messingfarben, außenrum silbern. Kopf – ich fahre morgen weiter, Zahl – ich warte hier noch einen Tag auf Daniel. Sie schnippt die Münze mit dem Daumen hoch, läßt sie auf Boden fallen, hält den Atem an und sieht nach: Kopf. Weiterfahren.

Kleiner Trost

Juli findet eine Zimmervermittlung, die vierundzwanzig Stunden offen hat, und nimmt das billigste Zimmer, das noch frei ist. Sie fühlt sich müde und erschlagen vom vielen Sitzen, sie hat einen Sonnenbrand, und eigentlich will sie nur noch duschen und ins Bett.

Auf dem Gang, kurz bevor sie schon vor der richtigen Tür steht, kommen ihr ein Schwarzer mit Glatze und eine Frau mit roten Haaren entgegen. Wahrscheinlich sieht sie traurig und fertig aus, denn als der Schwarze sie sieht, sagt er:

– Cheer up, sister, it's been a nice day. Don't look so sad and forsaken.

Juli versucht zu lächeln, doch es gelingt ihr nicht richtig. Sie hat den ganzen Tag mit niemandem gesprochen, und es gefällt ihr, daß sich jemand einfach ein wenig um sie kümmert, das kann sie gerade ganz gut gebrauchen. Der Schwarze fragt, ob sie nicht mitkommen will, ein Bier trinken, die laue Luft genießen. Juli sagt, daß sie gerne mitkommt, sie braucht eine Viertelstunde, wenn die beiden so lange warten können. Die Frau erklärt ihr, die Kneipe sei gleich um die Ecke, sie muß nur raus und dann fünfzig Meter nach links gehen. Juli verspricht, daß sie nachkommt.

Joshua und Eileen

Die beiden kommen aus England, er heißt Joshua, sie Eileen, und sie machen gerade eine Weltreise, erfährt Juli beim ersten Bier. Sie haben Geld gespart und wollen fremde Länder kennenlernen, bevor sie dann nach Indien in einen Ashram fahren, um dort in Harmonie mit anderen Menschen zu leben, die auch nach Erleuchtung streben. Sie sehen irgendwie lustig aus, findet Juli. Er so dunkel, mit spiegelnder Glatze, und sie daneben mit ihrem hellen Teint, der von Sommersprossen übersät ist, ihren kupferroten langen Haaren und grünen Augen. Joshua will möglichst vielen Menschen Lebensfreude und positives Denken vermitteln, erzählt er. Juli freut sich, an jemand geraten zu sein, der sie ein wenig ablenken und aufheitern kann.

Nach dem zweiten Bier auf nüchternen Magen steigt Julis Laune, sie kichert, scherzt mit den beiden und vergißt Daniel. Erst als Joshua anfängt, Witze zu erzählen, und sie auch einen zum besten geben will und anfängt mit dem Frosch, der Jim Beam trinkt, fällt ihr wieder ein, daß sie den Witz seit gestern schon dreimal erzählt hat und daß es nie wieder so schön und lustig werden kann wie gestern abend. Noch zwei Bier später erzählt sie den beiden die ganze Geschichte mit Daniel, angefangen bei dem Ring, über Melek, ihren Entschluß zu trampen, bis zu seinem rätselhaften Verschwinden heute morgen und den langen Stunden vor dem Völkerkundemuseum. Es tut ihr gut, das alles mal loszuwerden, manchmal ist es so befreiend, wildfremden Menschen sein Herz auszuschütten. Eileen sagt:

– Das ist eine beeindruckende Geschichte. Was hast du jetzt vor?

– Ich werde weiterfahren nach Istanbul.

Joshua nimmt ihre Hand, dreht sie mit der Innenfläche nach oben und betrachtet die Linien.

– Das ist mutig, was du vorhast, sagt er, ich habe Respekt davor. Es sieht aus, als würdest du Erfolg haben. Siehst du diese Linie hier? Das ist die Schicksalslinie, und dieser Knick hier sieht aus wie etwas, das dein ganzes Leben zum Positiven verändern kann. Sieh hin, man kann es ganz deutlich erkennen.

Juli kann nichts erkennen, aber ihr fällt auf, daß Joshua ungewöhnlich lange und dünne Finger hat, die angenehm auf ihrem Handteller langfahren.

– Das kann nur heißen, daß du dein Glück finden wirst.

Juli weiß nicht, ob sie ihm glauben soll, aber sie will es gerne. Es ist so, als wäre eine große Last von ihren Schultern genommen worden, als gäbe es da tatsächlich etwas Größeres als sie, eine Fügung, ein Vorsehung, als müsse sie sich nur anstrengen, um zu beweisen, daß sie dieses Schicksal auch wert ist.

– Verstehst du etwas vom Handlesen? fragt sie trotzdem ein wenig unsicher.

– Na klar, sagt er, ich bin staatlich anerkannter und geprüfter Diplomhandleser.

Als sie ein wenig enttäuscht guckt, drückt er ihre Hand und blinzelt ihr zu.

– Du wirst sehen, daß ich recht habe.

Es ist nach Mitternacht, als sie die Kneipe verlassen, Juli ist mittlerweile betrunken und wirft sich im Hotel in ihren Klamotten aufs Bett und schläft sofort ein.

In der Nacht träumt sie, sie sei wieder in der Schule und müsse eine Klassenarbeit schreiben. Sie bittet um Erlaubnis, auf die Toilette gehen zu dürfen, und als sie wieder zurück will, verläuft sie sich in den Gängen, findet den Raum nicht mehr, in dem sie die Klassenarbeit schreiben. Immer gehetzter läuft sie durch die Korridore und reißt wahllos und verzweifelt Türen auf, ihre Beine wollen nicht so schnell wie sie, und schließlich erwacht sie schweißgebadet. Sie zieht sich aus, trinkt ein Glas Wasser, stellt sich ans Fenster und sieht ein paar Minuten ins Dunkel, bevor sie sich wieder hinlegt.

Am Morgen frühstückt sie mit Joshua und Eileen, die ihr raten, mit dem Zug zu fahren, die seien hier zwar nicht besonders schnell, dafür billig, und sie könne es heute noch bis nach Rumänien schaffen. Die beiden begleiten Juli zum Bahnhof, umarmen und küssen sie zum Abschied, wünschen ihr alles Gute und viel Glück.

Red nicht von Zügen Juli löste eine Fahrkarte bis Oradea in Rumänien, sie hat jetzt nicht mehr sonderlich viel Geld, aber sie besitzt eine dieser wundersamen Karten, mit denen man Geld aus allen möglichen Automaten bekommt, selbst wenn das Konto zu Hause hoffnungslos im Minus ist, so hofft sie zumindest. An einer Bäckerei kauft sie sich noch verschiedene Teilchen, auf die sie mit dem Finger zeigt. Die Verkäuferin lächelt sie freundlich an und redet unaufhörlich, während sie das Gebäck in eine Tüte packt, Juli versteht natürlich kein Wort, doch sie bedankt sich höflich auf ungarisch, und die Frau sagt lachend noch etwas, das sie nicht versteht. An einem Kiosk kauft Juli sich noch eine große Flasche Wasser und eine Packung Zigaretten, dann schlägt sie irgendwie die halbe Stunde tot, bis ihr Zug fährt.

Schließlich sitzt sie auf einer kunstledernen Bank, schwitzt, hält ab und zu den Kopf durchs offene Fenster nach draußen, um sich abzukühlen. Sie fährt gerne Zug, sie mag das gleichmäßige Rattern, es kommt ihr sogar hier, wo ihre nackten Beine an den Sitzen kleben bleiben, wie eine Art Massage für Reisende vor. Sie mag es, daß man aufstehen und herumgehen kann, sich die Füße vertreten, an den Bahnhöfen unterwegs rausschauen und sich die Abschieds- und Begrüßungsszenen ansehen, ein Liebespaar, das sich gerade für lange

Zeit trennt, eine altes Mütterchen, das ihren Sohn seit einem Jahr nicht mehr gesehen hat, drei Geschwister, die vielleicht seit fünf Jahren zum ersten Mal wieder zusammenkommen. Sie stellt sich immer irgend etwas vor, während sie die Umarmungen, Küsse, Knuffe, Blumen, Tränen sieht, die winkenden Hände, die tatsächlich Taschentücher halten. Ein junger Mann mit dunklen Augen und vollen Lippen wartet auf einem der Bahnsteige mit einem Strauß roter Rosen in der Hand. Juli ist gespannt, wie wohl seine Herzallerliebste aussieht und wie sie sich freuen wird, über ihn und über das Zeichen seiner Liebe. Zunächst strahlt der Mann noch erwartungsvoll und sieht sich nach seiner Angebeteten um, doch sein Gesichtsausdruck verändert sich ganz langsam, sein Blick wird unstet, und als der Zug wieder anfährt, steht er mit hängenden Schultern da und sieht aus, als müßte er all seine Willenskraft aufbieten, um nicht loszuheulen. Juli ist gerührt, einen Moment lang ist auch ihr nach Weinen zumute, dann macht sie sich eine Zigarette an und zieht die Nase hoch.

Ein kleiner Junge, etwa sechs Jahre alt, ist mit seinen Großeltern zugestiegen und sitzt Juli gegenüber. Es sind Franzosen, wie sie hört, aber ihr Französisch ist nicht besonders gut, sie weiß nicht mal, wie sie den Jungen, den sie ganz knuffig findet, fragen kann, ob er Lust hat, etwas mit ihr zu spielen. Zum Beispiel dieses Spiel, bei dem man die Hände verschränkt und dann von außen nach innen dreht und versuchen muß, den Finger zu bewegen, auf den der andere deutet. Das hat ihre Mutter mit ihr früher oft gespielt, wenn sie Zug gefahren sind.

Der Junge packt einen Comic aus und bittet seine Großmutter, ihm vorzulesen, doch sie sagt irgend etwas, das Juli nicht versteht, und der Junge zieht eine Schnute. Vielleicht mag sie gerade nicht, vielleicht kann sie im Zug nicht lesen, weil ihr schlecht davon wird, vielleicht hat sie ihre Brille vergessen. Den Großvater fragt der Junge gar nicht erst, er sitzt da und schmollt.

Juli bedeutet ihm, sich neben sie zu setzen und ihr das Heft zu geben. Der Junge fragt erstaunt, ob sie Französin ist. *Non,* sagt Juli nur, viel mehr Worte fallen ihr nicht ein, aber sie traut sich zu, mit dem, was sie in der Schule gelernt hat, so einen Comic halbwegs passabel vorzulesen, auch wenn sie keine Ahnung hat, was die Worte bedeuten.

Der Junge setzt sich erwartungsvoll neben sie, reicht ihr das Heft, das Juli so zwischen sich und den Jungen legt, daß er die Zeichnungen gut sehen kann. Es geht um ein Schiff, das von Piraten angegriffen wird. Juli scheint nicht schlecht zu lesen, der Junge beschwert sich zunächst nicht, aber er schaut auch nicht auf die Bilder, sondern sieht Juli ins Gesicht. Dann lacht er und sagt etwas, das sie wieder nicht versteht. Sie hält inne, sieht ihn an, und er wiederholt das Wort, das er gesagt hat. Jetzt muß Juli ebenfalls lachen, er hat sie nur verbessert. Sie spricht ihm das Wort richtig nach, und er sagt *bien.* Auch die Großmutter lacht.

Gegen Ende des Heftes macht Juli kaum noch Fehler, was die Aussprache betrifft, kann aber auch sein, daß der Junge sich daran gewöhnt hat.

Dann will sie ihm das Fingerspiel beibringen, doch der Lütte will viel lieber wissen, wie sie heißt. Juillet, antwortet Juli und fragt ihn nach seinem Namen. Jean-Marie ist nun davon überzeugt, daß Juillet eigentlich Französin ist, warum sollte sie auch sonst so heißen.

– Non, non, je suis allemande, beteuert Juli, doch Jean-Marie glaubt ihr nicht mehr.

Er faßt ihre Haare an, er will wohl wissen, wie sich das anfühlt, dann fragt er sie etwas, wahrscheinlich, wie man so eine Frisur hinbekommt. Juli tut so, als würde sie sich die Haare waschen, mit einem Handtuch trockenrubbeln und dann kämmen. Dann nimmt sie den imaginären Kamm, bricht ihn entzwei und wirft ihn weg. Der Junge guckt seine Großmutter strahlend an und sagt etwas, das eigentlich nur heißen kann: Das habe ich ja auch noch nie gemocht, ab jetzt lasse ich mir auch nicht mehr die Haare kämmen. Juli hält sich die Hand vor den Mund, um ihr Lachen zu verbergen.

Kurz darauf verspürt Juli ein Gluckern und Rumoren in ihren Eingeweiden, fast schon ein wenig schmerzhaft. Sie geht auf die Toilette, die Brille ist so dreckig, daß sie sich nicht draufsetzen möchte, aber sie kann ihr Bedürfnis auch nicht unterdrücken, also hält sie sich an dem Griff an der Wand fest und geht in Knie. Sie hat Durchfall. Die Teilchen aus der Bäckerei hatten ein wenig seltsam geschmeckt, aber sie hatte das darauf zurückgeführt, daß es etwas war, das sie nicht kannte. Klasse, denkt sie, das hatte mir gerade noch gefehlt, unterwegs zu sein und alle halbe Stunde kacken müssen.

Noch während sie da hockt, wird der Zug langsamer, die Bremsen quietschen. Juli beeilt sich, weil sie glaubt, daß sie in einen Bahnhof einfahren, und bei diesen Toiletten, wo man sein Geschäft durch eine Klappe zwischen die Gleise entläßt, möchte sie nicht direkt am Bahnsteig eine Lache zurücklassen. Doch als sie sich hastig abgewischt und die Hose wieder hochgezogen hat und auf dem Gang nach draußen sieht, sieht sie, wie der Zug auf freier Strecke zum Halten kommt. Juli geht ein wenig verwundert wieder zurück an ihren Platz.

Der Zug steht, bestimmt eine halbe Stunde lang steht der Zug dort, keiner hat eine Ahnung, warum. Es gibt nicht mal eine Lautsprecherdurchsage, die Juli ohnehin nicht verstehen würde. Die Leute werden unruhig und reden durcheinander, Juli überlegt schon, ob sie vielleicht nach vorne zum Lokführer gehen und irgendwie versuchen soll, in Erfahrung zu bringen, was das Problem ist und ob es noch lange dauert, da setzt der Zug sich wieder in Bewegung.

Vor Freude klatscht Juli zweimal in die Hände, es geht weiter, jeder Meter bringt sie näher nach Istanbul, näher zu Daniel, näher zu ihrem Glück.

Drei Minuten später hält der Zug erneut, Juli hat sich zu früh gefreut. Das Gerede der anderen Reisenden geht wieder los, doch nachdem sie noch zehn Minuten gestanden haben, sind alle verstummt, nur Jean-Marie quengelt ab und zu. Sie haben sich damit abgefunden, daß es nicht so bald weitergeht, vielleicht ist die Lok kaputt, vielleicht gibt es Probleme mit den Weichen oder vor ihnen ist ein Zug entgleist, wer weiß das schon so genau?

Juli zündet sich eine Zigarette an und versucht, ruhig zu bleiben, eine halbe Stunde, oder vielleicht eine ganze, das heißt ja nicht, daß sie zu spät in Istanbul sein wird, redet sie sich ein, sie hat ja noch drei Tage Zeit, und eigentlich müßten sie fast schon in Rumänien sein. Es gibt keinen Grund, nervös zu werden.

Nachdem sie nochmal nahezu eine halbe Stunde gestanden haben, hält es Juli nicht mehr auf ihrem Platz, die Tatenlosigkeit macht sie ganz kirre. Sie geht nach vorne und findet den Schaffner, aber der kann ihr gerade mal begreiflich machen, daß etwas kaputt ist. Sie versteht allerdings nicht, was. Noch eine Viertelstunde später, in der sich der Zug keinen Meter bewegt, hält Juli es nicht mehr aus, sie muß jetzt etwas tun, sonst wird sie noch bekloppt. Sie schnappt sich ihren Rucksack, verabschiedet sich von Jean-Marie und seinen verdutzt aussehenden Großeltern, öffnet die Tür und steigt aus, links und rechts nur flaches Land und Felder, aber da vorne kann man eine Straße erkennen, dort will sie hin. Sie hört noch, wie der Schaffner ihr hinterherbrüllt, aber sie versteht ihn ja eh nicht.

Beisitzer

Die Sonne scheint unerträglich heiß, Juli schwitzt und keucht, sie hat sich verschätzt, was die Entfernung zur Straße betrifft, sie geht und geht, doch die Straße will nicht näherkommen. Da dreht sie sich um und stellt erleichtert fest, daß wenigstens der Zug kleiner geworden ist. Wieder verspürt sie das Rumoren in ihren Eingeweiden, sie läßt die Hosen runter, erleichtert sich und flucht dabei leise vor sich hin.

– So eine verdammte Scheiße, sagt sie und muß dann selber darüber schmunzeln.

Schließlich erreicht sie doch die Straße, die zwar asphaltiert ist, aber Schlaglöcher hat, in denen sich Kinder verstecken könnten. Hier fahren wahrscheinlich nicht viele Autos lang, und wer weiß schon, wohin die Straße überhaupt führt. Wahrscheinlich kommt sie hier so schnell nicht wieder weg. Sie hat ja noch nicht mal eine Ahnung, wo genau sie sich im Moment befindet. Womöglich war es keine so kluge Entscheidung, einfach auszusteigen. Juli dreht sich um und sieht, wie der Zug gerade losfährt. Sie läßt ihren Rucksack fallen, setzt sich drauf, vergräbt den Kopf zwischen den Händen und weint.

Sie hat niemand gehört, erst durch das Hupen schreckt sie hoch und sieht einen alten Mann auf einem Motorrad mit Beiwagen, der am Straßenrand gehalten hat, keine drei Meter vor ihr. Der Mann steigt ab und kommt auf sie zu, legt ihr eine Hand auf die Schulter und sagt etwas. Juli sieht ihm mit verheulten Augen ins Gesicht und zieht die Nase hoch. Er scheint weit über achtzig zu sein, ein kauzig aussehender Typ in einem zerknitterten Anzug, mit einer knolligen Nase, riesengroßen Ohren, einem zerfurchten Gesicht und leichten Schlitzaugen, die sie zuerst etwas irritieren. Sie glänzen zu hell, keine einzige rote Ader kann sie in dem Weiß erkennen. Er nimmt seine Mütze vom Kopf, deutet eine Verbeugung an, er hat schlohweiße Haare, ganz schön viele für sein Alter. Dann nimmt er Julis Hand und führt sie an seine Lippen. Er sagt etwas und lacht. Juli wischt sich mit Zeige- und Mittelfingern das Nasse unter den Augen weg, der Mann applaudiert ihr. Dann zeigt er zum Horizont und fragt:

– Romania?

– Dich haben mir die Götter geschickt, du alternder Weiberheld, sagt Juli und nickt eifrig.

Der Mann hält ihr den Arm hin, und Juli hakt sich ein und läßt sich zu dem Beiwagen des Motorrads geleiten, sie klettert rein, der Mann schwingt sich erstaunlich leichtfüßig auf seinen Sitz, und los geht's.

– Na, wer sagt's denn, freut sich Juli, man muß alle Verkehrsmittel mal ausprobiert haben. Habe ich nicht recht, alter Charmeur?

Der Mann sieht zu ihr rüber, sagt wieder etwas und lacht darüber.

– Diese beschissenen Schlaglöcher machen mir gar nichts aus. Sag, ist es noch weit bis zur Grenze?

Der Mann antwortet in seiner Sprache, er scheint ebenfalls Spaß an diesem Spiel zu haben. Juli hat gute Laune, Rumänien, das mag so die Hälfte der Strecke sein, wahrscheinlich sogar noch mehr, sie wird es schaffen, sie wird Daniel am Freitag in Istanbul sehen. Was dann passieren wird, weiß sie nicht, aber sie will sich auch keine Gedanken drüber machen. Es sieht zwar ab und zu schlecht aus, aber im Grunde läuft es doch wunderbar, wozu sich unnötig sorgen?

– Das glaube ich dir gerne, sagt Juli, daß du in deinem Alter noch unwahrscheinlich scharf auf mich bist, und sieht ihn von der Seite an.

Er schaut auch zu ihr rüber, vielleicht hat er eine Ahnung, was sie sagt, vielleicht gefällt ihm, genau wie ihr, daß er reden kann, was er will, ohne daß sie es versteht. Er bläst Juli einen Kuß zu und sagt wieder etwas, das ihn sehr zu belustigen scheint.

– Ja, ich würde ja auch gerne am Straßenrand halten und sehen, ob deine Hände halten können, was deine Augen versprechen. Aber ich bin schon vergeben, außerdem habe ich es ein wenig eilig.

Der alte Mann nimmt für einen Moment beide Hände vom Lenker, breitet die Arme aus, als wolle er die Landschaft umarmen, sieht dann wieder zu Juli und klopft sich lachend auf den Schenkel.

– Jaja, natürlich macht es unter freiem Himmel am meisten Spaß.

Juli fühlt sich frei, sie spürt den kühlenden Fahrtwind und die Schlaglöcher, die Sonne, sie fühlt sich als ein Stück der Landschaft, sie ist mittendrin, das ist ganz anders als Auto oder Zug fahren, wo man immer eingeschlossen ist, geschützt und behütet. Da hat sie nie dieses überdrehte Gefühl wie jetzt in diesem Beiwagen, der Mann beschleunigt, vielleicht ist die Straße auf dem letzten Stück besser. Der Luftzug treibt Juli die Tränen in die Augen. Sie läßt einen Schrei raus, der irgendwo in ihr feststeckte.

Die Lüge

Die Grenze sieht ganz anders aus, als Juli gedacht hat. Oder genauer: Sie sieht genauso aus, wie sie sich als Kind Grenzübergänge vorgestellt hat. Ein rotweiß gestrichener Schlagbaum, ein kleines Häuschen, eine Fahne auf jeder Seite und zwei Grenzbeamte, die im Schatten vor dem Häuschen sitzen und Schach spielen. Und etwas weiter weg ein kleiner Bretterverschlag, der nach Plumpsklo aussieht. Sonst nichts.

Der Beamte auf der rumänischen Seite kontrolliert kurz Julis Ausweis, wechselt ein paar Worte mit dem alten Mann, drückt dann die Schranke hoch und läßt die beiden durch. Juli hat schon wieder dieses unangenehme Gefühl, und sie weiß nicht, ob es sowieso gekommen wäre oder ob es damit zu tun hat, daß sie jetzt dieses Klohäuschen gesehen hat, aus dessen Tür tatsächlich ein Herz rausgesägt ist.

– Warte doch mal einen Moment, sagt sie, ich muß dringend kacken.

Sie deutet auf das Häuschen, damit ihr Casanova sie auch versteht.

Bevor sie die Tür aufmacht, muß sie lächeln bei dem Gedanken, daß das hier das erste ist, was sie in Rumänien tut. Dann überwältigt sie der Gestank, sie versucht, nur ganz langsam durch den Mund zu atmen. Einen kurzen Moment überlegt sie, ob sie wohl noch einhalten kann, das ist ihr doch zu eklig, sich über dieses Loch am Boden zu hocken, aus dem Fliegen groß wie Haselnüsse kommen, brummen und sirren und sich als nächsten Landeplatz wahrscheinlich ihren nackten Hintern aussuchen.

Sie kneift versuchsweise die Pobacken zusammen, aber es fühlt sich nicht so an, als könne sie noch viel länger als zehn Sekunden die Kontrolle über ihren Darm behalten. Mit ihrem Fuß versucht sie, die

Fliegen über der Öffnung zu verscheuchen, flucht leise, zieht die Hose runter und hockt sich hin.

Sie fühlt sich erleichtert, als sie endlich die Tür aufmacht, sie atmet tief ein, ihr ist schwindlig, nachdem sie da gehockt und die Luft angehalten hat und dann so plötzlich aufgestanden ist, ihr wird schwarz vor Augen, sie taumelt, einige Sekunden lang glaubt sie, daß sie das Bewußtsein verlieren wird, dann sieht sie langsam wieder Farben. Aber was sie sieht, läßt sie glauben, daß sie doch das Bewußtsein verloren hat. Sie atmet nochmal tief ein, nein, das ist keine Halluzination, sie ist hellwach, und da drüben in Ungarn, keine dreißig Meter von ihr, steht ein großer blauer Bus. Und davor: Daniel.

– Daniel, ruft sie.

– Juli.

Juli läuft ohne nachzudenken zum Motorrad, holt ihren Rucksack aus dem Beiwagen, drückt ihrem Weiberheld links und rechts ein Küßchen auf, deutet kurz zu Daniel und flüstert ihm dann zu:

– Da drüben der. Der ist es.

Als Antwort hört sie noch ein letztes Mal sein Lachen, dann läuft sie auf Daniel zu, der sich schon duckt, um unter dem Schlagbaum durch auf ihre Seite zu kommen. Der rumänische Grenzer schnappt sich sein Gewehr, zielt damit auf Daniel und brüllt *Stop*. Daniel weicht erschrocken zurück nach Ungarn.

Juli und er stehen sich gegenüber, nur diese rotweiße Schranke zwischen ihnen. Der ungarische Grenzer starrt weiter auf das Schachbrett, während der Rumäne mit dem Gewehr im Anschlag keine drei Meter von den beiden stehen geblieben ist.

– Daniel, sagt Juli noch mal, was anderes fällt ihr gerade nicht ein.

– Hör mal, Juli, du mußt mir helfen, ich muß auf die andere Seite. Ich hab keinen Paß mehr, kein Geld, kein gar nichts, ich muß unbedingt über diese Grenze.

– Wieso hast du keinen Paß mehr?

– Ist doch jetzt egal, hilf mir, erzähl ihm irgend etwas, erzähl ihm ... Erzähl ihm, daß wir verheiratet sind.

Daniel dreht sich zu dem Rumänen, der immer noch mit dem Gewehr im Anschlag dasteht und sich nicht rührt.

– Listen, no problem. We are married. She is my wife, no problem. Ring, you understand?

Er deutet auf den Ring, den Juli ihm verkauft hat. Der Beamte läßt nicht im geringsten erkennen, ob er etwas verstanden hat.

– Wir können doch den armen Mann nicht anlügen, sagt Juli, die einerseits noch nicht glauben kann, daß das hier wirklich passiert, die andererseits aber genießt, den Lauf der Dinge nun mitbestimmen zu können.

– Aber wieso denn nicht? fragt Daniel und fügt hinzu: Komm, bitte, Juli, tu mir den Gefallen. Bitte.

– Nee, so einfach geht das nicht.

Juli holt tief Luft.

– Daniel Bannier, willst du mich zu deiner Frau haben, mich ehren und lieben, in guten wie in schlechten Zeiten?

– Juli, bitte.

– Willst du, oder willst du nicht?

– Ja, ich will.

– Jetzt mußt du mich fragen.

Daniel räuspert sich, zögert, ihm scheint die Situation ganz und gar nicht zu gefallen, dann räuspert er sich nochmal und fragt:

– Juli, willst du mich zu deinem Mann haben?

Juli antwortet nicht sofort, sie lauscht diesen Worten noch ein klein wenig nach. Wie schön sie sich aus seinem Mund anhören, und wieviel schöner es wäre, wenn sie sie jemals wieder von ihm hören könnte.

– Ja, ich will.

Dann steht sie da und sieht ihm in die Augen. Er würde wahrscheinlich gerade alles tun, nur um über diese Grenze zu kommen. Nicht wegen ihr, aber das stört sie gerade nicht, er steht vor ihr, unrasiert, die Klamotten dreckig, er sieht ein wenig übernächtigt aus, aber entschlossen. Unbezwingbar. Er sieht aus, als könne er es wirklich mit dem Drachen aufnehmen.

– Was noch? fragt er, als Juli ihn abwartend ansieht.

– Ich will den Text hören.

– Welchen Text?

– Die Bergpredigt. Die Worte, die du sagen mußt, wenn du vor ihr stehst.

– Warum denn jetzt?

– Das gehört zur Zeremonie.

– Also gut: Meine Herzallerliebste ...

Juli stellt sich vor, sie stünde unter einer Brücke in Istanbul, Daniel sieht ihr in die Augen und sagt:

– ... ich bin Tausende von Meilen gegangen, ich bin über Brücken gelaufen und hab Durst gehabt. ... Nee, falsch, oder? Äh ...

– Du kannst ihn nicht.

– Nein, aber ich werde ihn lernen. Verprochen.

Juli sieht zu dem Grenzer und sagt mit einem nachgemachten jamaikanischen Akzent:

– It's true, man. He's my husband.

Erst jetzt läßt der Mann das Gewehr sinken, lächelt, als wisse er, was gespielt wird, und sagt:

– Now kiss.

Juli macht die Augen zu und hält Daniel die Lippen hin. Was macht das schon, daß das hier nicht die

Realität ist, der Kuß wird echt sein, sie wird seinen Mund auf ihrem fühlen, seinen Atem riechen und seinen Speichel schmecken, und das nicht in irgendeinem Traum, sondern hier an der Grenze zwischen Ungarn und Rumänien, bei strahlendem Sonnenschein.

– I say: Kiss, hört sie den Grenzer sagen.

Dann fühlt sie, wie Daniel ihr links und rechts ein kleines Küßchen aufdrückt, so wie sie dem alten Mann vorhin. Sie öffnet die Augen, und noch bevor sie ihre Arme um seinen Hals schlingen kann, um ihn an sich zu ziehen und richtig zu küssen, hat Daniel sich umgedreht und will schon wieder in den blauen Bus steigen.

– Stop, sagt der Grenzer, das Gewehr wieder im Anschlag, in Romania, when we marry, we make present. Bus my present.

Juli versteht *pass* statt *bus,* einen Moment glaubt sie, der Mann will einfach nur noch mal bestätigen, daß er Daniel den Paß schenkt, ihn also zur Feier des Tages ohne Papiere rüberläßt, aber dann gibt ihm Daniel die Schlüssel, und Juli begreift, daß sie sich verhört hat. Der Rumäne lacht, dreht sich um, ruft seinem Kollegen etwas zu, der aufsteht und die Schranke hochläßt. Daniel geht rüber, ohne Juli anzusehen.

Autopanne

– Wie geht's, wo steckst du, ist alles klar bei dir? fragt Melek, nachdem sie Isa an seinem *Hallo* erkannt hat.

– Verdammt, du glaubst es nicht, diese Scheiße geht mir so auf den Sack, es ist zum Ausflippen. Alles läuft eigentlich cool, Grenze, Paß zeigen, weiter geht's, ich hab Deosprays gekauft, weil ich von den Wunderbäumen Kopfschmerzen gekriegt hab, der Geruch ist kein großes Problem mehr, weißt du, alles ganz easy, du fährst über die Landstraße, die Sonne scheint, du rauchst, du siehst das Flimmern auf dem Asphalt, weißt du, es ist perfekt, und dann: Pfffffffffffffffft. Platten. Ich zieh rechts ran, steig aus und seh mir die Bescherung an. Ein Imbusschlüssel, das kurze Ende, hat sich wohl beim Drüberfahren aufgerichtet und ist dann in den Reifen. Melek, das ist doch nicht zu glauben, ich war soo sauer. Was sucht ein Imbus auf der Landstraße, und wieviel Pech mußt du haben, daß sich das Ding auch noch in den Reifen bohrt? Ich mein, wär ja egal, du wechselt den Reifen und gut ist. Aber nicht, wenn du 'ne Leiche im Kofferraum hast, die schon ganz steif ist. Irgendwie mußt du ja an dieses verdammte Ersatzrad rankommen. Ich konnte ja schlecht Onkel Ahmet aus dem Kofferraum hieven und so lange am Straßenrand liegenlassen, bis ich den Reifen gewechselt habe, die Straße gehört ja nicht mir alleine. Ich bin ein Stück aufs Feld gefahren, aber da hatte der Wagenheber keinen Halt, also hab ich Onkel Ahmet dort versteckt, bin zurück an den Straßenrand und hab diesen verdammten Reifen gewechselt. Dann zurück aufs Feld, der Mann wiegt ja auch seine achtzig Kilo, und du weißt gar nicht, wo du anfassen sollst, ich hab geschwitzt wie ein Schwein, die Kippen waren alle, ich war genervt, und dann habe ich ihn endlich im Kofferraum und will weiter, da bleibt der Wagen im Feld stecken. Melek, glaub mir, das war eine Scheiße, du mußt jemand mit 'nem Trecker auftreiben, der dich da rauszieht, aber wie willst du ihm erklären, was du mitten in diesem Feld getrieben hast, kein Mensch, der bei Verstand ist, fährt einen halben Kilometer über ein Feld, nicht mal, wenn es 'ne gelungene Abkürzung ist. Ich stecke also da fest, dreißig Kilometer vor der rumänischen Grenze, ich war so sauer, ich war soo sauer. Ein Bauer hat mich dann rausgezogen, ich hab ihm versucht zu erzählen, daß ich 'ne Nutte dabei hatte, die ich im Auto ficken wollte, dicke Eier von der Fahrerei und Hitze und so. Melek, das hat mich fast einen ganzen Tag gekostet, nur wegen so 'nem verfickten Imbusschlüssel. Ich will mal wissen, welches Arschloch dieses Ding da hat liegen lassen. Aah, Scheiße, tut mir leid. Eigentlich wollte ich dir nur erzählen, daß es mir gut geht, aber ich bin immer noch geladen. Egal, mach dir keine Sorgen, ich hab das wieder alles im Griff. Melek?

– Ja?

– Ich freu mich schon auf dich. Oh, Mist, dieser Apparat hier piept, ich hab kein Kleingeld mehr, ich meld mich wieder.

Melek legt auf und denkt, daß diese Panne ja glimpflich abgelaufen ist, es ist vorbei, es gibt tatsächlich keinen Grund, sich Sorgen zu machen, aber sie hat Angst, Angst um Isa. Er hat es ja selber gesagt, die Grenzen sind nicht wirklich das Problem, es sind diese kleinen unvorhersehbaren Dinge, die ihm zum Verhängnis werden könnten. Eigentlich tut er ja nichts wirklich Schlimmes, was soll ihm schon passieren, was steht auf das Schmuggeln der Leiche des eigenen Onkels, der eines natürlichen Todes gestorben ist, aber wenn sie ihn so erwischen, sen gel derdini Marko Paşaya anlat, find dann mal jemand, der dir deine Geschichte glaubt.

Zukunft

Melek ist unruhig, Esra hat ein Spiel, Hakan muß arbeiten, sie ist allein zu Hause, sie beschließt, an der Promenade spazierenzugehen, um sich ein wenig abzulenken. Dort wird sie von einer alten Zigeunerin angesprochen, ob sie sich nicht die

Zukunft voraussagen lassen möchte. Sie beherrsche das Handwerk, das Schicksal aus Saubohnen zu lesen, und Melek sähe aus, als wäre sie in finstere Gedanken versunken. Sie wolle sich nicht bereichern, versichert sie, sie wolle Melek nur einen Gefallen tun, sie könne ja dann bezahlen, was sie für angemessen halte.

Melek willigt ein, und sie setzen sich zusammen auf eine Bank, die alte Frau greift in die Tasche ihrer weiten, grellbunten Hose und holte einige Bohnen hervor, breitet ein schmutziges Taschentuch aus und wirft die Bohnen darauf.

– Dein Glücksstern ist hell und glänzend, sagt die Zigeunerin, bald wirst du einem jungen, schwarzhaarigen Mann begegnen, den das Schicksal für dich bestimmt hat.

– Tantchen, sagt Melek, den habe ich doch schon längst getroffen. Du scheinst nicht viel davon zu verstehen.

– Ach, ja, jetzt sehe ich es auch, sagt die Frau, du hast ihn schon getroffen, vielmehr, ihr denkt schon über eine Heirat nach.

– Also wirklich, von Heirat war noch keine Rede, wenn du Geld haben willst, mußt du dir schon etwas mehr Mühe geben.

– Hmmm, ihr seid getrennt im Moment. Es ist ein Mann, der sich mit Kunst beschäftigt, mit Malerei vielleicht. Oder auch Musik. Er hat Gefahren zu überstehen in diesen Tagen, er ist auf einer weiten Reise.

Melek denkt, sie hat mir vorhin die düsteren Gedanken angesehen, vielleicht spürt sie auch, daß Isa und ich gerade weit entfernt voneinander sind. Wahrscheinlich hat sie auch erkannt, daß ich aus Deutschland komme, und deshalb von einer weiten Reise gesprochen.

– Ich sehe hier noch einen Mann im mittleren Alter, groß, mit dunklen Haaren und einem Schnäuzer, ein wenig dick, er bereitet euch Probleme. Dein Vater?

Melek schüttelt den Kopf, die Beschreibung paßt auf Onkel Ahmet.

– Ich sehe hier deinen Freund wegen diesem Mann in Schwierigkeiten geraten, in Schwierigkeiten, die ihm viel Kummer und Sorgen bereiten. Doch wie ich gesagt habe, dein Glücksstern strahlt hell und glänzend, so hell, daß sich auch dein Freund in seinem Licht sonnen kann.

– Was für Schwierigkeiten sind das, von denen du redest?

– Schwierigkeiten, die fast die ganze Seele verdunkeln. Mehr kann ich nicht sagen.

– Aber am Ende wird alles gut?

– So Gott will. Ich habe dir gesagt, was ich sehen kann, der Rest liegt ganz allein in seiner Hand.

Melek gibt der Frau einen Schein, doch sie lehnt ihn ab.

– Nein, sagt sie, wenn du meine Dienste so wenig wertschätzt, dann nehme ich lieber gar nichts.

Melek hat keine Lust, mit ihr zu feilschen, also legt sie noch einen Schein drauf, bedankt sich, steht auf und geht. An der Promenade ist es ihr nun doch zu voll, sie entschließt sich, ins Kino zu gehen, um sich ein wenig abzulenken.

Sie sieht einen Film mit einem Banditen, einem Wegelagerer aus den Bergen, der nach Jahren als alter Mann aus dem Gefängnis kommt und sich auf die Suche nach seiner ehemaligen Geliebten macht, die mittlerweile in Istanbul lebt. Ein Film, der Melek an die ewige Liebe glauben läßt, ein schöner, fast märchenhafter Glaube, aber auch ein Film, der nicht damit endet, daß sich die Liebenden in den Armen liegen. Das grelle Sonnenlicht blendet sie, als sie schließlich das Kino verläßt, und in dem Moment, in dem sie ihre Sonnenbrille aufsetzt, weiß sie, daß sie sich heute abend betrinken wird.

Der Sonne folgen

– Warum warst du plötzlich nicht mehr auf dem Kutter? Haben dich die Männer tatsächlich über Bord geschmissen?

– Ja, sagt Daniel, sie haben mich in die Donau geworfen.

– Echt?

Die beiden gehen die Landstraße entlang und halten immer wieder vergeblich den Daumen raus, wenn ein Auto vorbeifährt.

– Also, ich bin morgens aufgewacht und dachte, ich steh schon mal auf und besorge uns was zum Frühstück. Ich gehe zum Heck des Schiffs, die Sonne war schon aufgegangen, und am Boden lag etwas, das das Licht reflektierte. Es hätte mir eigentlich gar nicht ins Auge fallen müssen, der Einfallwinkel ist gleich dem Ausfallwinkel, und der ist ja so früh am Morgen ziemlich flach, aber es glitzerte so in der Sonne, und ich bin dahin und hab ein kleines silbernes Kistchen entdeckt, das zwischen zwei Containern versteckt war. Und jetzt rat mal, was da drauf war. Eine Sonne. Und zwar fast genau die gleiche wie diese hier.

Er hält seinen kleinen Finger mit dem Ring in Höhe.

– Da bin ich natürlich neugierig geworden. Da war so ein kleines Vorhängeschloß an der Kiste, und ich habe mir nichts Böses dabei gedacht, hab meinen Schlüsselbund genommen und ausprobiert, ob ich das Schloß vielleicht mit meinem Kellerschlüssel öffnen kann. Das ist doch nicht so schlimm, oder? Das konnte doch kein Zufall sein, du verkaufst mir den

Ring, am gleichen Abend treffe ich eine Frau mit einer Sonne auf dem T-Shirt, und drei Tage später stolpere ich über eine Kiste, auf der auch eine Sonne drauf ist, und zwar eine, die meiner sehr ähnlich sieht. Ich mußte doch wissen, was drin ist, ich wollte ja nichts klauen. Der Schlüssel hat gepaßt, ich hab das Schloß aufbekommen, und in der Kiste waren so lauter kleine weiße Pillen, bestimmt tausend Stück. Ich habe eine in die Hand genommen, weil ich mir nicht erklären konnte, was das denn genau ist. Auf der einen Seite war so eine Bruchstelle, wo man die Pille halbieren konnte, und auf der anderen Seite war das McDonalds-Emblem, dieses geschwungene M. Mir wurde klar, daß das wahrscheinlich keine Astronautennahrung mit Hamburgergeschmack ist, sondern mit höchster Wahrscheinlichkeit Rauschgift. Ich wollte ganz schnell die Pille wieder zurücktun und die Kiste wieder verschließen, da hatten mich die Männer auch schon gesehen. Sie haben mich gepackt und in die Donau geschmissen, einfach so. Ich habe laut um Hilfe gerufen, hast du mich nicht gehört?

– Nein, ich habe tief und fest geschlafen.

Eine Weile gehen sie schweigend nebeneinander her, Daniel holt sein Taschentuch aus der Hose und wischt sich den Schweiß ab. Dann sieht er sich das Taschentuch an, ein zerknittertes graubraunes Etwas, und wirft es angewidert in den Straßengraben. Juli schmunzelt.

– Ich habe mir Sorgen gemacht, sagt sie, aber ich wußte ja, daß du deinen Paß und dein Geld bei dir hast und nicht im Rucksack. Ich hab gedacht, irgendwie wirst du es schon schaffen. Aber wie bist du an diesen Bus geraten, und wohin sind dein Paß und deine Kohle verschwunden? Wie bist du bis zur Grenze gekommen?

– Das ist eine lange Geschichte.

Synchronizität

Juli sieht Daniel an und wartet darauf, daß er mit der langen Geschichte anfängt. Er wischt sich mit dem Handrücken über die Stirn und sieht dann etwas angestrengt vor sich auf den Boden. Ich habe ihn gefunden, denkt sie, oder er mich, ist ja auch egal. Ich bin völlig fertig aus diesem Zug gestiegen, habe diesen nervigen Durchfall bekommen, der alte Mann hat mich mitgenommen, und genau als wir über die Grenze sind, mußte ich auf dieses eklige Klo. Sie schüttelt sich bei dem Gedanken daran. Und alles, was sie getan hat, hat letztlich auf irgendeine vertrackte Art und Weise dazu geführt, daß sie und Daniel sich wiedergetroffen haben. Es ist kaum zu glauben. Es gibt eine Kraft, die sie zusammengeführt hat. Ich habe keine andere Wahl, geht es ihr durch den Kopf, ich muß kämpfen, dieser verrückte Kerl ist der richtige, und er kann noch so sehr in diese Melek verliebt sein oder eine ganz andere wollen, ich werde kämpfen, egal, was passiert, ich werde kämpfen. Was soll ich auch sonst tun? Ich bin verliebt in ihn, es spielt doch keine Rolle, ob ich ihn kriege oder nicht, er ist in meinem Herzen, ich werde ihn nicht mehr los, ob ich will oder nicht.

– Glaubst du an Zufall? fragt Daniel, anstatt mit seiner Geschichte anzufangen, und fährt dann selber fort: Synchronizität, das örtliche und zeitliche Zusammentreffen zweier Ereignisse oder Dinge, die anscheinend nicht kausal zusammenhängen. Der Ring, die Sonne, die Sonne auf dem Kutter, Luna, wir beide an dieser Grenze, das ist doch kein Zufall, das muß doch einen Grund haben. So etwas wie ein Plan, der dahintersteckt. Gestern nacht war mir das irgendwie ganz klar, aber wenn ich jetzt darüber nachdenke, bin ich nicht mehr ganz so sicher. Aber nehmen wir an, es gibt einen Plan, ja? Eine Art Schicksal oder Karma oder so, damit ist doch nicht alles erledigt, oder? Dieser Plan ergibt vielleicht keine exakten Ergebnisse. Was am Ende rauskommt, kannst du vorher nur als groben Mittelwert angeben, als eine Wahrscheinlichkeit. Dann kommt es nämlich auf dich an. Je mehr du dich selber anstrengst, damit der Plan erfüllt wird, desto höher wird die Wahrscheinlichkeit, daß es auch wirklich klappt. Deshalb darf man nichts unversucht lassen. Juli, glaubst du, das macht Sinn, was ich gerade erzähle?

Daniel ist stehengeblieben und schaut sie an. Juli muß grinsen, immer breiter, dann fängt sie an zu lachen, weil sie sich so freut. Es ist ein wenig so, als hätte er ihre Gedanken gelesen.

– Was gibt's da zu lachen?

– Nichts. Absolut nichts. Du hast recht. Ich glaube, daß es genau so ist, wie du sagst. Deshalb mußte ich lachen.

Traktorgeschichten

Sie hören das Geräusch und drehen sich gleichzeitig um. Da kommt ein Traktor mit einem Hänger hinten dran, und als er sich nähert, erkennen sie, daß er von einem Jungen mit kurzgeschorenen Haaren gefahren wird, der kaum älter als dreizehn sein kann. Juli streckt den Daumen raus, und der Junge bleibt tatsächlich stehen und bedeutet ihnen, hinten aufzuspringen.

– Juli, du weißt doch gar nicht, wo der hinfährt, außerdem ist so ein Traktor doch viel zu langsam, so kommen wir nicht vorwärts.

– Man darf nichts unversucht lassen, sagt Juli und wirft schon ihren Rucksack auf die Ladefläche.

Daniel stülpt seine Lippen vor, nickt und faßt Juli an den Hüften, um ihr hochzuhelfen auf die harten Holzplanken. Die Schatten sind schon länger geworden, die Sonne brennt nicht mehr so erbarmungslos, Juli und Daniel lehnen sich gegen Julis Rucksack, um es sich ein wenig bequem zu machen.

– Dann erzähl doch mal, deine lange Geschichte, sagt Juli.

– Wie bist du eigentlich zur Grenze gekommen?

– Erst du.

– Also gut. Ich habe versucht zu trampen, was sollte ich auch sonst tun? Ich habe mich zwar geärgert und war klatschnaß, doch wenn man einen Paß hat und eine Kreditkarte, kommt man schon ziemlich weit, aber zuerst wußte ich ja nicht, wo ich genau bin, ich wollte erst mal nach Budapest. Ich bin eine Straße langgelaufen, aufs Geratewohl, meine Sachen waren in der Morgensonne fast schon getrocknet, da hielt endlich jemand. Dieser blaue Bus, den du gesehen hast. Am Steuer saß eine junge Frau, ich fragte sie, ob sie nach Budapest fährt, und sie nickte einfach nur. Sie konnte kein deutsch und auch kein englisch. Die ganze Fahrt über haben wir ihre Zigaretten geraucht und Kassetten gehört. Sie hatte Hunderte von Kassetten in diesem Bus. Und ein Bett, einen kleinen Kühlschrank mit Bier drin und ganz viele Patchworkdecken, Campinggeschirr, alles, was man zum Leben braucht, wahrscheinlich wohnt sie in diesem Bus. Das wäre so cool, wenn wir jetzt diesen Bus hätten.

Na ja, ihr Name war Luna, eine Kroatin, soviel habe ich rausbekommen, aber sehr viel besser funktionierte die Kommunikation zwischen uns nicht. Aber es war trotzdem eine angenehme Atmosphäre, der Bus war ganz kuschelig, und sie hatte so eine Art zu grinsen, die mir gefallen hat. Ein wenig prollig, ein wenig kühl, aber trotzdem sehr einnehmend, wie jemand, der genau weiß, was er will. Ich habe die Kassetten gewechselt, da waren Sachen bei, von denen ich noch nie auch nur gehört habe, so ganz seltsame Namen, *Brooklyn Funk Essentials, Fermin Muguruza,* aber sie hatte auch *Edith Piaf,* wir haben Musik gehört, und es war ganz nett.

Als wir dann nach Budapest reingefahren sind, hatte ich mittlerweile großen Hunger, ich hatte ja nicht mal gefrühstückt, ich habe sie gefragt, ob sie nicht ein Restaurant weiß, wo wir noch etwas essen könnten. Zuerst hat sie mich natürlich nicht verstanden, aber dann hat sie genickt und hat mich dann in ein ziemlich seltsames Lokal geführt.

Du mußtest so eine Treppe runter in den Keller, es war auch gar kein richtiges Restaurant, es war mehr eine Art Kneipe, kaltes Licht und jede Menge ganz seltsamer Leute, Punker in abgerissenen Klamotten, die original so aussahen wie in den frühen Achtzigern, mit Nietengürteln und Irokesenschnitten und *No Future* auf die Lederjacke geschrieben. Nicht diese Gepiercten, wie du sie kennst, nein, die sahen echt so aus, als wären sie aus einer Zeitmaschine. Da waren auch so Typen mit langen Haaren und Iron-Maiden-Aufnähern auf der Jeansjacke, ich wußte gar nicht so richtig, wo ich gelandet bin. Luna schien fast jeden an diesem Ort zu kennen, sie hat uns zu den Tischen geführt, weiße Plastiktische, es sah alles nicht besonders vertrauenerweckend aus, und wahrscheinlich hätte ich sofort gehen müssen, aber ich hatte solchen Hunger, ich dachte, ich ess hier schnell was, dann hole ich mir Geld aus dem Automaten, und weg bin ich.

Der Kellner war auch so seltsam, der trug ein Siebziger-Jahre-Hemd, bis zum Nabel aufgeknöpft, auf der Brust hatte er eine Schlange tätowiert, doch wenigstens konnte er ein bißchen deutsch. Es gab keine Speisekarte, und die Auswahl war nicht ausgesprochen reichhaltig: Man konnte Fischstäbchen haben. Oder Fischstäbchen. Mir war das recht.

Ich mache mir ja nie selber Fischstäbchen, aber wenn ich sonntags bei meiner Mutter bin und länger bleibe, dann ist das so eine Art Tradition, daß sie mir Fischstäbchen macht. Als Kind mochte ich keinen Fisch, keine Heringe, keinen Kabeljau, keinen Seelachs, keinen Thunfisch, keinen Aal, keine Scholle, aber Fischstäbchen habe ich für mein Leben gern gegessen.

Nichtsahnend habe ich dann mit Heißhunger diese Fischstäbchen verschlungen und mir sogar noch eine zweite Portion bestellt. Zehn deutsche Mark wollte der Kellner dafür haben, ich habe bezahlt und wollte los, aber Luna wollte unbedingt noch eine Cola mit mir trinken. Auf die zehn Minuten kam es ja nicht an, also haben wir noch eine Cola getrunken, und dann fing es an. Zuerst dachte ich, es hätte damit zu tun, daß ich so schnell gegessen habe, ich fühlte mich seltsam, dann dachte ich, daß es mit diesem Afghanen zu tun hat, daß das vielleicht Nachwirkungen sind. Mein Körper fühlte sich ganz weich an, die Stimmen um mich herum wurden lauter, es war so, als würden die Farben das Licht stärker reflektieren, und irgendwann fiel mir auf, daß ich schon seit mindestens fünf Minuten beobachtete, wie die Kohlensäurebläschen in der Cola aufsteigen. Mein Puls ging schneller, und ich konnte die Relationen nicht mehr richtig einschätzen. Meine Arme erschienen mir auf einmal viel länger, der Raum größer, der Abstand zwischen meinem Stuhl und dem Boden riesig. Dann habe ich Angst bekommen, ich wußte ja nicht, was mit mir los war, mir war ein wenig schwindlig, mein Herz klopfte so heftig, ich habe Luna angesehen und wollte irgend etwas sagen, mir sind ganz viele Ideen gekommen, was ich sagen könnte, aber ich habe den Mund nicht aufbekommen. Luna hat gegrinst und gesagt: Alles okay. Entspannen.

Du sprichst ja doch deutsch, wollte ich sagen, aber das erschien mir auf einmal absurd. Ich habe wieder auf das Colaglas gesehen, und es hat angefangen zu atmen. Juli, kannst du dir das vorstellen? Es sah so aus, als würde das Glas atmen, es wurde dicker und dünner und dann wieder dicker. Ich saß total fasziniert da und habe dieses Glas angestarrt.

Irgendwann fiel mir auf, daß Musik lief und daß sie immer lauter und leiser zu werden schien, ganz so, als würde sie auch atmen. Und sie war so ... sie klang dreidimensional, besser kann ich es nicht sagen.

Mir war klar, daß sie mir irgend etwas in die Fischstäbchen getan hatten, aber das fand ich nicht so wichtig, vielmehr habe ich versucht herauszufinden, ob das, was ich sehe, sich rein physikalisch noch als optische Täuschung erklären läßt. Die Dinge hatten angefangen, sich zu ändern, Form, Farbe, alles. Es war auf seine Art eine überwältigende Erfahrung.

– LSD, sagt Juli, das hört sich nach LSD an. Du bist ganz schön schnell, einen Tag, nachdem du zum ersten Mal gekifft hast, bist du schon auf Pappe. Aus dir wird noch mal ein richtiger Drogenkopf.

– Das ist nicht lustig.

– Nicht? Sag mir nicht, daß du gestern abend keinen Lachanfall bekommen hast, so richtig, mindestens eine halbe Stunde, in der du dich nur noch gekugelt hast.

– Du hast das auch schon mal genommen?

– Ja, aber es ist kein Spielzeug, eigentlich ziemlich scheiße von dieser Frau, dir das zu geben. Und dann auch noch heimlich.

Jetzt kommt Juli ein Verdacht, diese Frau gibt ihm LSD, er verliert alle Hemmungen, weiß nicht mehr genau, was er tut, sie hat vielleicht auch etwas genommen, und ehe sie sich versehen, sind sie auch schon zusammen in einem Zimmer oder auch in ihrem Bus, zumindest irgendwo, wo ein Bett steht, und ...

– Was ist dann passiert, wie ging es weiter, was hat diese Luna getan? fragt sie und merkt, wie plump diese Fragen aus ihr rausplatzen, schroff, als wolle sie sich schützen vor der Antwort, die sie nun erwartet.

– Sie hat mich an der Hand genommen und in die Mitte des Raumes gezogen, wo ein wenig Platz war. Mein Zeitgefühl war verzerrt, diese paar Schritte haben Ewigkeiten gedauert, es war so, als seien die Gedanken in meinem Gehirn so schnell, daß die Zeit dadurch langsamer verging. Raum und Zeit waren keine getrennten Größen mehr, ich habe die Relativitätstheorie in allen Einzelheiten begriffen, zum ersten Mal wirklich begriffen, und das alles auf den sechs Metern von meinem Stuhl bis zur Mitte des Raumes.

Luna hat angefangen zu tanzen, meine Augen kamen nicht mehr so schnell mit, sie hatte ganz viele Arme, die Bilder blieben hängen, und dann hat ihr Gesicht angefangen, sich zu verändern. Sie wurde älter und jünger, dann wieder älter, und plötzlich sah sie aus wie Melek. Ich habe Melek vor mir tanzen sehen, und dann veränderte sich ihr Gesicht wieder, und ich habe dich gesehen.

– Mich?

– Ja.

– Und dann?

– Dann hab ich so was wie einen Filmriß. Ich kann mich vage erinnern, daß ich in Lunas Bus war, und dann bin ich auf einem Feld zu mir gekommen. Ohne Paß, ohne Ring, ohne Kreditkarte, ohne Geld. Heute morgen.

– Kannst du dich nicht mehr erinnern, was in dem Bus passiert ist?

– Nein, ich weiß es nicht.

Juli beißt sich auf die Unterlippe und denkt nach.

– Hast du sonst noch was gegessen oder getrunken, nachdem das LSD angefangen hatte zu wirken? fragt sie.

Daniel schüttelt den Kopf, Juli denkt, daß er erstaunlich normal aussieht, wenn man bedenkt, was er vor vierundzwanzig Stunden noch erlebt haben muß. Sie kann sich an ihren ersten Trip erinnern, an einem Sommerabend am Lagerfeuer, sie hatte sich einfach die Pappe auf die Zunge gelegt, aber keine richtige Vorstellung davon gehabt, was auf sie zukam. Irgend jemand hatte ihr mal gesagt, daß der Unterschied zwischen Haschisch und LSD in etwa so sei wie der zwischen Bier und Strohrum, aber das war ein schlechter Vergleich, hatte sie schnell gemerkt. Haschisch war in etwa so, als würde man in seiner eigenen Stadt eine Ecke entdecken, die man noch nie zuvor gesehen hatte, LSD war die Reise in ein Land, das man sich nicht mal vorstellen konnte. Sie hatte die halbe Nacht ins Feuer gestarrt, unfähig, zusammenhängende Sätze zu bilden, und als sie mit Maja am nächsten Tag mit dem Zug übers Land fuhr, hatte sie sich gewundert, was das denn für Löcher in der Wiese waren, und konnte sich auch nicht erklären, warum sie sich bewegten. Gerade als sie Maja fragen wollte, ob sie denn wisse, was das sei, hatte sie gemerkt, daß das keine Löcher waren, sondern schwarze Kühe. Ja, Daniel wirkte erstaunlich normal.

– Das macht keinen Sinn, sagt Juli, die müssen dir noch etwas gegeben haben, ich kenne keinen, der solche Filmrisse bekommt und dann auch noch einschläft. Im Gegenteil, meistens ist das Einschlafen eine schwierige Sache, das ist nicht wie bei Haschisch oder Alkohol. Aber erzähl weiter, wie hast du den Ring zurückbekommen? Und wie bist du an den Bus geraten?

Sie würde eigentlich lieber wissen, was in dem Bus passiert ist und was Daniel gefühlt hat in dem Moment, in dem Lunas Gesicht sich in ihres verwandelt hat, aber das eine weiß er anscheinend wirklich nicht, und das andere will sie nicht fragen. Luna wird nicht mit ihm geschlafen haben, wenn es ihr um sein Geld ging, beruhigt sie sich.

– Als ich zu mir gekommen bin, schien die Sonne, ich hab die Augen aufgeschlagen, und es war wie eine Situation, die ich nur aus Filmen kenne oder aus Interviews mit Rockstars. Ich wußte nicht, wie ich dorthingekommen bin, ich wußte nicht mal, wo ich war, es hätte genauso gut Spanien sein können oder ... oder Afghanistan. Zuerst habe ich versucht, mich zu erinnern, dann fiel mir auf, daß meine Brieftasche fehlt, ich hab sie immer in der linken hinteren Hosentasche, immer am selben Platz, seit Jahren, so verlege ich sie auch nie. Wenn sie nicht da ist, dann merke ich das sofort, ich komme mir nackt vor. Dann war ich auf einmal hellwach, Brieftasche weg, Paß weg, Ring weg, und in meinem Kopf fügt sich das Bild zusammen, daß diese Luna und der tätowierte Kellner dahinter stecken, sie tun mir etwas ins Essen, machen mich unzurechnungsfähig und beklauen mich.

Ich lag zwischen ein paar Heuballen, und als ich aufgestanden bin, da habe ich einen Schuß gehört. Zuerst wollte ich diesem Geräusch keinen Glauben schenken, doch dann habe ich eine Gestalt mit einem Gewehr in der Hand gesehen und bin ganz schnell hinter einen dieser Heuballen gesprungen, habe mein Taschentuch rausgeholt, wenigstens das hatten sie mir gelassen, und habe damit wie wild gewedelt. Die Gestalt mit dem Gewehr kam dann näher, es war ein alter Mann, er hat mich angesehen, wahrscheinlich ähnelte ich einem verschreckten Kaninchen, und da ich nicht wußte, was ich sagen sollte, was er auch versteht, habe ich einfach gefragt: Budapest? Er hat das Gewehr sinken lassen und gelacht. Er war sehr nett, er hat mich in sein Haus geführt, mir Frühstück gemacht und mich sogar mit in die Stadt genommen.

Juli muß lächeln, als sie sich das vorstellt. Dafür also war das Taschentuch gut, das ihn immer ein wenig wie ein Muttersöhnchen hat aussehen lassen. Und nachdem es ihm das Leben gerettet hat, kann er es ja ruhig in den Straßengraben schmeißen. Es passiert nichts auf dieser Welt ohne Grund.

– Da stand ich dann in Budapest, völlig mittellos, ich wußte nicht, was ich tun sollte. Ich hätte zur deutschen Botschaft gehen können und denen die Sache erklären, mir Geld leihen und mir Ersatzpapiere ausstellen lassen. Aber dann wäre ich jetzt noch da. Dann bist du mir eingefallen, du hattest ja wenigstens ein bißchen Geld, aber wie sollte ich dich finden? Ich hab mich erinnert, daß du von diesem Völkerkundemuseum geschwärmt hast, also habe ich auf der Straße nach diesem Museum gefragt. Ich habe gehofft, daß du noch in Budapest bist und dir noch mal diese Eingangshalle ansehen willst, gestern war ja geschlossen.

Juli verkneift es sich, ihm zu erzählen, daß sie gestern den ganzen Tag dort auf ihn gewartet hat. Es berührt sie, daß er ihr zugehört und sich daran erinnert hat, er hat sie gesucht, Daniel Bannier hat sie in einer fremden Stadt gesucht. Sie könnte ihm um den Hals fallen oder zumindest einen kleinen Freudenschrei loslassen. Es spielt keine Rolle, daß er sie nicht gefunden hat und daß er im Grunde nur Geld brauchte.

– Auf dem Weg zum Museum bin ich auf einen Flohmarkt geraten, da mußte ich schon wieder an dich denken, weil da so viele Schmuckverkäufer waren. Dabei fällt mir ein: Wieso fährst du eigentlich im

Sommer weg? Da hast du doch Hochsaison, im Winter ist es ja viel zu kalt draußen.

– Normalerweise, fängt Juli an und will schon sagen, daß sie üblicherweise im Winter fährt, doch dann fällt ihr ihre Lüge wieder ein, und sie fährt fort: ... sollte man wirklich besser im Winter wegfahren, aber ich mach es halt so, wie es mir gefällt, nach Lust und Laune. Der Augenblick bestimmt die Regeln.

– Auf diesem Flohmarkt jedenfalls habe ich Luna gesehen, wie sie gerade meinen Ring an einen Schmuckverkäufer loswerden wollte. Ich habe ihn ihr aus der Hand gerissen und sie gefragt, wo mein Paß und mein Geld sind, ich wußte ja jetzt, daß sie deutsch kann. Dann hat der Schmuckverkäufer mich geschlagen, ich bin rückwärts hingefallen, und der Ring ist mir aus der Hand gerollt. Ich habe echt Angst bekommen, das war ein harter Schlag, und ich wollte mich nicht schon wieder prügeln, also habe ich mir den Ring geschnappt und bin losgelaufen. Aber der Schmuckverkäufer hat sofort die Verfolgung aufgenommen. Ich bin gerannt, als sei der Leibhaftige hinter mir her, meine Lunge hat weh getan, ich hatte einen Blutgeschmack im Mund, ganz kurz habe ich schon überlegt, ob ich einfach stehenbleiben soll und ihm den Ring geben. Aber dieser Ring bringt mir Glück, davon bin ich überzeugt, ich wollte ihn unbedingt behalten. Ich habe mich umgedreht, der Verkäufer war vielleicht noch zehn Meter hinter mir, und er holte auf. Als ich wieder nach vorne sah, habe ich Lunas Bus vor mir auf der Straße gesehen, der hat hinten so eine kleine Leiter, und ich dachte: Das ist meine einzige Chance, ich muß auf diesen Bus.

– Der Bus fuhr? fragt Juli.

– Ja, der Bus fuhr.

– Was hast du dann gemacht?

Juli hat die Augen geschlossen und hört konzentriert zu, während sie in diesem Schneckentempo über die Schlaglöcher holpern. *Ich muß auf diesen Bus.* Das erinnert sie an den Bus von Ken Kesey und den Merry Pranksters, von dem sie gelesen hat. Entweder man war *on the bus,* hatte also geschnallt, wie es lief, gehörte dazu, war angetörnt von Gras und Speed und Acid und durchschaute die Regeln, oder man war *off the bus,* hatte also keine Ahnung, war nicht eingeweiht in die psychedelischen Geheimnisse.

– Ich bin aufgesprungen, habe mich an einer Sprosse festgehalten und bin auf das Dach geklettert.

– Nein.

– Doch.

– Hast du gedacht, du bist Jackie Chan, oder was? Das ist doch lebensgefährlich. Was ist dann passiert?

– Sie haben uns verfolgt, glaube ich, ich konnte mich ja nicht umdrehen, ich lag flach auf dem Dach des Busses und habe versucht, mich festzuhalten, Luna ist wie eine Verrückte gefahren, bei Rot über die Kreuzung, gegen die Einbahnstraße, über den Bürgersteig, um die Kurven geschlittert.

Juli hat Angst um Daniel, obwohl sie weiß, daß das unsinnig ist. Er sitzt neben ihr, er hat es überlebt.

– Ich habe gar nicht mehr geatmet, habe mich so krampfhaft festgehalten, daß ich meine Hände nicht mehr gespürt habe. Ich habe die Augen zugemacht, ich hatte Angst, habe mich nur noch auf die Geräusche konzentriert, Hupen, quietschende Reifen, Schreie, Lunas Stimme, der aufheulende Motor, der Fahrtwind, mein Herz, eine Fahrradklingel, Kindergeschrei. Ich weiß nicht mehr, wie lange das so ging, es kam mir vor wie Ewigkeiten, die Zeit hat sich wieder gedehnt, ich habe an Hamburg gedacht, an meine Mutter, an meine Schüler, an Melek, an Istanbul und die Bosporusbrücke, an die Männer, die mich vom Kutter geschmissen haben, an die Sachen, die ich in der Nacht zuvor gesehen hatte, an die Sonne und daß ich wenigstens diesen Ring am Finger haben werde, wenn ich sterbe. Und ich habe auf das Geräusch gewartet, das ich hören würde, bevor ich in hohem Bogen durch die Luft geschleudert wurde, Blech auf Blech.

Schließlich kam der Bus schlitternd zum Stehen, ich habe ganz vorsichtig den Griff meiner Hände etwas gelockert, konnte ja sein, daß es gleich weiterging. Als nichts passierte, habe ich die Augen aufgemacht und erst mal versucht, tief durchzuatmen.

Die Polizisten hatten Luna schon Handschellen angelegt, und ich dachte: Na toll, das war's also. Bevor ich denen erklärt hatte, was ich auf dem Dach dieses Busses machte, wäre längst schon Freitag mittag. Ich habe gewartet, daß sie mich von da oben runterholen würden.

Ich habe zugesehen, wie sie Luna ins Auto stießen. Um den Bus schien sich niemand zu kümmern. Es war meine einzige Chance, ich hätte niemals geglaubt, daß es wirklich klappt, aber ich mußte es versuchen, wenn ich erst mal auf der Wache war, dann würde alles zu spät sein. Ich bin vom Dach runtergerutscht, direkt ins Führerhaus, der Schlüssel steckte noch. Ich habe den Motor gestartet und noch ein, zwei Sekunden gewartet, dann habe ich den Gang eingelegt und bin losgefahren. Ich habe nicht in den Rückspiegel gesehen, ich bin einfach in einem ganz normalen Tempo gefahren und habe gehofft, daß der Ring mir noch mehr Glück bringt, daß ich endlich aus diesem Budapest rauskomme. Es hat funktioniert. Juli, das ist kaum zu glauben, aber es hat funktioniert.

Juli lächelt, ja, das ist es doch, wie bei Guevara. Seien wir realistisch, versuchen wir das Unmögliche. Es kommt nicht darauf an, daß man etwas verwirklicht, es kommt darauf an, daß man weiß, wofür man kämpft, daß man etwas hat, woran man glauben kann, egal, was die anderen denken oder behaupten. Sonst ist alles vergebens. Wie in der die Geschichte vom Mönch und der Ziege, die ihr ihre Mutter früher oft erzählt hat.

Der Mönch und die Ziege Es war einmal ein Mönch, der erbat sich von einem reichen Bauern ein Zicklein als Schmaus für das Kloster. Er nahm es auf den Rücken und trug es heim, als sich ein paar Gauner zusammentaten und ihm einen Streich spielten. Einer nach dem anderen überholte den Mönch und rief ihm zu: Heiliger Mann, was trägst du einen dreckigen Köter auf deinem Rücken? Oder: Willst du diesen Hund etwa mit ins Kloster nehmen? Seid ihr schon so heruntergekommen, daß ihr im Kloster Hunde bratet? Steht in der Bibel nicht geschrieben: Und alles, was auf Tatzen geht unter den Tieren, die auf vier Füßen gehen, soll euch unrein sein?

Der Mönch nahm das Zicklein von seinem Rücken und betrachtete es. Es war ein Zicklein, zwei kleine Hörner saßen auf seinem Kopf, es hatte gespaltene Hufe und ein kleines Bärtchen. Er nahm das Zicklein wieder auf den Rücken und ging weiter seines Weges.

Doch abermals überholten ihn die Gauner nacheinander und riefen:

Der Weltuntergang ist nahe, die heiligen Männer essen schon unreine Tiere.

Schande, Schande, wie willst du so ins Paradies kommen, heiliger Bruder?

Einen Hund trägt er auf seinem Rücken, dafür wird er in der Hölle schmoren.

Da dachte der arme Mönch, daß er vielleicht doch einen Hund auf dem Rücken trug und daß ihn alle auslachen würden, wenn er zurück ins Kloster kam und als Schmaus einen Hund mitbrachte. Sie würden ihn vielleicht sogar fortjagen. Es gab verwunderliche Dinge auf dieser Welt, es konnte sein, daß der Teufel seine Augen getrübt hatte und er nun ein Zicklein mit einem Hund verwechselte. Und hatte nicht der Bauer höhnisch gelacht, als er ihm das Zicklein schenkte? Der Mönch bekam es mit der Angst vor dem Satan zu tun, warf das Zicklein von seinem Rücken und rannte, so schnell seine Füße ihn trugen, ins Kloster zurück. Die Gauner fingen das Zicklein, brieten es am Spieß und taten sich gütlich daran.

Sprit

– So habe ich dann Lunas Kassetten gehört und bin Richtung Grenze gefahren, erzählt Daniel weiter, noch bevor Juli dazu kommt, ihm das Märchen zu erzählen. Ich habe an einer Raststätte gehalten, weil der Tank bald leer war. Es waren keine Wertsachen im Bus, kannst du dir das vorstellen? Sie klaut mein Geld, sie will meinen Ring verkaufen, mein Paß ist weg, meine Kreditkarte, ich habe den Bus auf den Kopf gestellt, da war nichts außer Kassetten, Kippen, einem Haufen Klamotten, Räucherstäbchen, dreckigem Campinggeschirr, leeren Bierflaschen, angegammelten Keksen und zehn Bögen Pappe mit so was wie winzigen Briefmarken, auf denen jeweils ein Buddha drauf war. Dieser blöde Kühlschrank war kaputt. Nichts, das man hätte zu Geld machen können. Ich hatte keinen Pfennig für Benzin. Zuerst habe ich überlegt, einfach vollzutanken und abzuhauen, aber ich wollte mein Glück nicht überstrapazieren. Ich bin reingegangen, und hinter der Ladentheke stand eine junge Frau, etwa Lunas

Statur. Sie konnte ein bißchen deutsch, und ich habe versucht, ihr meine Situation zu erklären und ihr die Kleider angeboten, die im Bus hingen, doch die wollte sie nicht. Sie hat sie sich angeschaut und abgewunken. Ich konnte es verstehen, sie war eher elegant gekleidet, hatte Schuhe mit hohen Absätzen an, Lunas Klamotten hätten nicht ihrem Stil entsprochen. Da habe ich sie gefragt, wieviel ich für den Ring kriege. Ich brauchte unbedingt Sprit, und ich hatte nichts, was sich zu Geld machen ließ, außer dem Ring. Sie hat gesagt, daß ich volltanken kann, ich habe ihr den Ring gegeben, habe vollgetankt, und als ich wieder in den Bus stieg, hat sie gesagt: Moment. Sie hat mir den Ring wieder an den Finger gesteckt und mir viel Glück gewünscht.

– Du wolltest wirklich den Ring weggeben?

– Ja.

– Daniel Bannier, das ist ein ganz alter Mayaring, und du, nur du, bist dazu bestimmt, ihn zu tragen und so dein Glück zu erkennen. Du kannst diesen Ring nicht weggeben, unter keinen Umständen.

Juli ist ein wenig sauer, sie kann verstehen, daß er es versucht hat, aber solange er diesen Ring am Finger hat, auf dem genau die gleiche Sonne ist wie ihre, sind sie auf geheimnisvolle Weise miteinander verbunden. Sie hat diesen Ring nach dem Motiv machen lassen, das sie selbst hat, es gibt dieses Motiv genau zweimal auf der Welt. Das mit dem Mayaring ist nur Gerede.

– Aber ich mußte doch zur Grenze kommen.

– Du mußt auf diesen Ring achtgeben, beharrt Juli weiter.

Mittlerweile sind sie an einer Raststätte angekommen, der Junge hält an, Juli und Daniel springen von der Ladefläche, bedanken sich und winken zum Abschied.

Kurze Daumen

Eine Stunde lang stehen sie dort, und niemand nimmt sie mit. In den meisten Autos sitzen Familien, die anscheinend unterwegs in den Urlaub sind. Kaum mal ein Wagen, in dem nur ein zwei Personen sitzen, doch auch die halten nicht an.

– Vielleicht ist Rumänien ein schlechtes Land zum Trampen, sagt Daniel.

– Oder unsere Daumen sind zu kurz.

– Wie meinst du denn das jetzt?

– Ich habe mal ein Buch gelesen, in dem eine Frau kreuz und quer durch Amerika trampte, sie hat lange, magische Daumen, mit denen sie jeden Fahrer zum Anhalten bringen konnte. So was könnten wir jetzt gebrauchen.

Daniel läßt sich ins Gras fallen, Juli setzt sich neben ihn.

– Verdammt und zugenäht, wir kommen hier nicht weg, sagt er.

– Wir können ja unsere Flitterwochen hier verbringen.

– Sehr witzig.

Sie sitzen schweigend nebeneinander, Juli holt ihr Päckchen raus, es ist nur noch eine Zigarette drin. Sie bietet sie Daniel an. Er nimmt sie, zündet sie an, gibt sie nach zwei Zügen an sie weiter. Das erinnert Juli daran, wie sie den Joint geraucht haben. Doch das hier ist schöner, sie hocken nebeneinander im Gras, das schon sehr lange kein Wasser mehr gesehen hat, irgendwo in Rumänien, haben kaum Geld, wissen nicht, wie es weitergeht, sie sind gestrandet, an Land gespült, vom Schicksal zusammengeführt in einer öden Landschaft, irgendwo auf halbem Weg zwischen Hamburg und Istanbul, sie haben sich Mühe gegeben, haben geschwitzt und wenig geschlafen, haben Drogen genommen, haben sich Gedanken über die Vorsehung und die Liebe gemacht, und nun sitzen sie zusammen und teilen sich die allerletzte Zigarette, weil ihre Daumen zu kurz sind.

– Weißt du, wie lang die Beine eines Menschen sein müssen? fragt Juli, als Daniel die Zigarette fortschnippt, die bis zum Filter runtergeraucht ist.

Daniel schüttelt den Kopf.

– So lang, daß sie bis zum Boden reichen.

Er zieht die Augenbrauen hoch und sieht sie an, nicht das geringste Lächeln, die kleinste Belustigung.

Das siebte Gebot

– Laß uns ein Auto klauen, sagt Daniel.

– Wir können doch kein Auto klauen, sagt Juli, wir sind die Guten. Die Guten klauen keine Autos.

– Wir können doch einem Bösen das Auto klauen, schlägt Daniel vor, das ist im Film doch auch in Ordnung, wenn die Guten die Bösen bestehlen.

– Du meinst wie Christian Slater in *True Romance*?

– Na ja, der hat es ja nicht darauf angelegt. Aber so ungefähr.

– Und wo sollen wir jetzt einen Bösen herkriegen?

– Sieh mal, der da vorne, der ist doch bestimmt böse, sagt Daniel und deutet auf einen dicken Mann, der gerade aus seinem Auto steigt.

– Nein, der sieht doch voll lieb aus.

– Das sind immer die Schlimmsten, der schlägt bestimmt seine Frau und seine Kinder zu Hause. Du kennst das doch aus der Zeitung: *Die Nachbarn beschrieben den Amokläufer als zurückhaltenden, höflichen, hilfsbereiten Menschen. Nachdem der sechsunddreißigjährige Mann zwölf Menschen, die an der Konferenz des Rings Deutscher Makler teilnahmen, mit einem Maschinengewehr getötet und achtzehn weitere zum Teil lebensgefährlich verletzt hatte, flüchtete er sich auf das Dach eines Hochhauses, wo er von einem Sondereinsatzkommando gestellt wurde.*

Der dicke Mann gibt dem Jungen, der mit einem schmierigen Lappen über seine Windschutzscheibe wischt, ein paar Münzen in die Hand, und Juli sagt:

– Siehst du, der ist gar nicht böse.

Sie sehen einige Minuten die Menschen an, die aus ihren Autos steigen, blicken sich dann an und schütteln gleichzeitig den Kopf. Juli findet es ein wenig albern, auf einen Bösen zu warten, dem man das Auto unter dem Hintern wegklauen kann, als würde die Tatsache, daß der Mensch nicht gut ist, sie dazu berechtigen, ihm etwas wegzunehmen. Sie denkt an diesen Film, den sie vor Jahren gesehen hat: *Theo gegen den Rest der Welt.* Da wurde Marius Müller-Westernhagen der Laster geklaut, vielleicht hatte ja jemand geglaubt, er sei einer von den Bösen, einfach weil er die falschen Klamotten und die falsche Frisur hatte.

Juli ist tatsächlich bereit, ein Auto zu klauen, auch wenn es ihr nicht richtig vorkommt und sie es ja gar nicht eilig hat, von hier wegzukommen. Es ist ein Abenteuer. Früher, als sie so etwa achtzehn war, mochte sie es, im Laufe der Nacht Menschen kennenzulernen, von hier nach da getrieben zu werden, um dann irgendwann, weit nach Mitternacht, mit weitgehend Fremden in einem Auto zu sitzen, in dem sie noch nie gesessen hatte, gut gelaunt vom Rauch und den geleerten Gläsern, träge und verträglich, glücklich und frei, ohne zu wissen, wohin die Fahrt ging, wo sie schlafen würde, was die Menschen noch an Überraschungen bereit hielten, ohne den geringsten Schimmer, was sie am Ende der Fahrt erwartete, aber immer mit einer leisen Euphorie. Steig ein, junge Frau aus dem duftenden Reich der freizügigen Genüsse, steig ein, heute ist alles möglich, wir heben ab, und wir werden so sanft landen, daß du es gar nicht merkst.

In ihrem Gedächtnis ist das ein Gefühl, da sind keine Erinnerungen an einzelne Nächte, Personen oder Autos, es kann zehnmal passiert sein oder auch hundertmal, sie weiß es nicht mehr. Aber sie erinnert sich noch genau, wie es war, auf diesen Rückbänken und Beifahrersitzen zu versinken und an das Glück zu glauben. Nie hat sie Angst gehabt, und es ist ihr nie etwas passiert. Dieses Gefühl hat sie nun wieder, nur mit dem Unterschied, daß sie Daniel nie vergessen wird. Ja, sie will mit ihm ein Auto klauen.

Aus einem blauen Dacia steigt ein Mann, der auch nicht böser aussieht als alle anderen auch, doch er tritt den kleinen Jungen in den Hintern, der mit dem Lappen und der dreckigen Seifenlauge die toten Insekten auf seiner Windschutzscheibe verschmieren will. Man kann es ihm gar nicht verdenken, dieser Strolch hätte auch noch erwartet, dafür bezahlt zu werden, daß er ungefragt die Sicht noch weiter verschlechtert.

Daniel sieht Juli fragend an, sie nickt. Sie hat gesehen, daß er die Schlüssel hat stecken lassen, böse oder nicht ist jetzt egal. Sie nimmt ihren Rucksack, die beiden laufen los, Juli setzt sich auf die Fahrerseite und wartet noch einen Moment, bevor sie den Wagen anläßt.

– Na los, mach schon, bevor jemand etwas merkt, sagt Daniel.

– Ist das nicht schön, murmelt Juli, wir klauen zusammen ein Auto. Das ist ein gutes Gefühl, am Steuer eines fremden Wagens neben dir zu sitzen. Ist doch alles paletti, oder?

– Mach schon, mach schon, mach schon, bevor uns jemand sieht, sonst geht es noch schief.

Juli atmet tief ein, dreht den Schlüssel rum, sie ist kaum aufgeregt, es kommt ihr vor wie ein Spiel, der

Wagen springt an, sie legt den Gang ein, läßt die Kupplung kommen. Sie lächelt vor sich hin, während sie beobachtet, wie die Raststätte im Rückspiegel immer kleiner wird.

Fahren

– Das hast du gut gemacht, sagt Daniel, jetzt müssen wir nur noch sehen, daß wir ein Straßenschild finden, damit wir in die richtige Richtung fahren.

Nach wenigen Minuten schon kommt ein Schild, Juli geht vom Gas und sieht zu Daniel rüber.

– Cluj, sagt der, von dort nach Sibiu, dann über die Südkarpaten nach Bukarest, von da ist es nur ein winziges Stück bis Bulgarien.

– Karpaten, die gibt es wirklich? Das ist ja lustig. Du unterrichtest doch Physik und nicht Erdkunde, oder?

– Luna hatte wenigstens eine Karte im Auto, ich hatte mir schon eine Strecke rausgesucht.

– Schau mal, was du hier so findest, schlägt Juli vor.

Daniel macht das Handschuhfach auf und sieht rein, da sind zwei Hochglanzpornohefte und eine Packung Taschentücher, sonst nichts. Juli schielt zu ihm rüber, aber er blättert noch nicht mal kurz durch die Magazine. Interessieren die ihn wirklich nicht, oder verzichtet er ihretwegen darauf? Solange sie nun zusammen unterwegs sind, hat sie kein bißchen Lüsternheit an ihm bemerkt, nicht mal einen begehrenden Blick, den er einer vorübergehenden Frau zugeworfen hätte. Juli weiß nicht genau, was sie davon halten soll.

Daniel schaut unter den Sonnenblenden nach, doch da ist nichts, er dreht sich um zu der Rückbank, und als er wieder nach vorne kommt, hat er einen billigen Fotoapparat in der Hand.

– Vielleicht können wir den ja zu Geld machen.
– Das olle Ding? Glaub ich kaum.

Juli atmet durch die Nase ein, ja, jetzt erst fällt es ihr richtig auf, dieser strenge, aber nicht unangenehme Geruch im Wagen, er geht von Daniel aus. Ein herber Duft, eine Mischung aus Bleistift, feuchter Erde, Achselschweiß, Leder, Angst und Abenteuern. Der Ärmste, denkt sie, er ist mit dieser Hose und diesem T-Shirt schon in der Donau gewesen, und dann fällt ihr wieder ein, daß sie seine Sachen durchwühlt hat.

Er war spurlos verschwunden auf dem Kutter, sein Rucksack war aber noch da. Zuerst hatte Juli Hemmungen gehabt, aber dann hatte sie ihn aufgemacht und reingesehen, nicht aus Neugier, hatte sie sich eingeredet, sondern einzig und allein, um die Wertgegenstände nicht diesen Männern zu überlassen. In dem Rucksack war nichts gewesen außer ein wenig Wäsche und Duschgel und Rasierzeug. Sie hatte sich interessiert die Unterhosen angesehen, die meisten schlichte einfarbige Slips, aber es war auch eine dabei gewesen, die mit Schildkröten bedruckt war. Einem Impuls folgend hatte sie zwei seiner T-Shirts eingesteckt, und jetzt sagt sie:

– Schau doch mal in meinem Rucksack, in der linken Seitentasche.

Daniel kramt auf der Rückbank rum, dann dreht er sich nach vorne und macht sich daran, sein T-Shirt zu wechseln. Juli verlangsamt das Tempo und schaut ihm dabei zu.

– Danke, sagt Daniel, er scheint sich zu freuen. Er kurbelt das Fenster runter und schmeißt sein altes T-Shirt einfach weg.

– Wenn wir jetzt noch Zigaretten hätten, ein wenig Geld und ein wenig mehr Zeit, würde es mir richtig gut gehen, sagt er.

– Kein Problem, sagt Juli, ich hab noch ein wenig Geld, wir können uns Zigaretten kaufen. Außerdem habe ich noch eine Bankkarte.

– Jawoll, sagt Daniel, ich könnte dich küssen.

Dann tu's doch, denkt Juli, aber sie sagt nichts, sie rutscht auf ihrem Sitz hin und her und wühlt in ihrer Hosentasche nach dem Rest Geld. Es ist weg. Sie hat ihr Geld verloren. Es muß ihr aus der Tasche gefallen sein, als sie immer wieder eilig die Hosen runterließ. Wenigstens die Karte ist noch da.

– Scheiße, sagt sie, mein Geld ist weg, ich muß es verloren haben, und die Tankanzeige ist auch schon auf Reserve.

– Nein.

– Doch.

– Scheiße.

Nach einer Viertelstunde endlich sehen sie das Schild, das eine Tankstelle ankündigt. Die Sonne geht gerade unter und gießt am Horizont Orangetöne aus, die wenigen Wolken sind blaßrot mit einem Stich ins fliederfarbene. Nachdem sie ausgestiegen ist, bleibt Juli stehen und deutet mit dem Kopf Richtung Westen. Daniel sieht kurz hin, aber ihm scheint gerade der Sinn nach anderen Dingen zu stehen, er öffnet den Kofferraum und schmeißt ihn kurz darauf mit einem lauten Knall wieder zu.

– Nichts, sagt er, gar nichts. Nicht mal ein Warndreieck. Wie sollen wir jetzt tanken?

Juli bückt sich, schnürt ihren Schuh auf und holt einen Schein hervor, zwanzig Mark.

– Mein Notgroschen, wenn der auch weg ist, müssen wir verdammt bald einen Automaten finden.

Als sie weiterfahren, sitzt wieder Juli am Steuer, sie hat Hunger und gleichzeitig schmachtet sie nach einer Zigarette, die dieses Gefühl ein wenig dämpfen könnte.

Nach wenigen Kilometern, schläft Daniel ein, sein Kinn fällt runter, sein Mund ist offen, Juli betrachtet immer wieder kurz die Bartstoppeln und seinen Adamsapfel, sie hört auf den Rhythmus seines Atems, der ihr so vertraut ist nach der Nacht in Niederbayern, und denkt, daß jetzt vielleicht seine Seele den Körper verlassen hat, um sich dort zu erholen, wo sie sich zu Hause fühlt.

Kartenmonster Daniel schläft immer noch, als Juli nach Cluj reinfährt und dort ein wenig ziellos, aber mit offenen Augen langsam durch die Innenstadt kurvt und Ausschau nach dem EC-Zeichen hält. Es ist mittlerweile dunkel, doch schließlich hat sie die ersehnte Buchstabenkombination ausgemacht, bremst und hält direkt vor dem Automaten. Mit einem Grinsen steigt sie aus, nimmt ihre Bankkarte zwischen Zeige- und Mittelfinger, schiebt sie langsam in den Schlitz, Magnetstreifen unten rechts, wie auf dem Bild angezeigt. Der Automat fragt sie nach der gewünschten Sprache, sie drückt die Taste für Englisch. Dann darf sie ihre Geheimzahl eingeben. Niemals könnte Juli sich willkürliche Ziffernkombinationen merken, und als hätte irgend jemand es geahnt, hatte sie eine Zahl bekommen, wie sie einfacher nicht sein konnte: Viertel vor Zwölf, das war nicht so leicht zu vergessen, elf Uhr fünfundvierzig, sie tippt die Zahl ein, bestätigt, und auf dem Monitor erscheint die Frage, wieviel sie denn abheben möchte. Es klappt, es klappt wirklich, sie hat zwar keine Ahnung, was diese Beträge umgerechnet in Mark sein mögen, doch sie entscheidet sich letztlich für den zweithöchsten Betrag. Wenn der Automat schon Geld ausspuckt, dann kann es auch ruhig ein wenig mehr sein, macht ja jetzt auch keinen Unterschied mehr. Sie hört das Rattern im Inneren des

Geräts, reibt sich schon die Hände, die Scheine werden gezählt, und gleich werden sie aus diesem Schlitz hervorschauen, vorsichtig rauslugen in die kühle Nacht und einen schönen warmen Platz in Julis Tasche bekommen. Juli freut sich über dieses Wunderwerk der Technik, das es einem ermöglicht, überall auf der Welt bunte Scheine aus dem Bauch einer Maschine zu lokken. Geld macht zwar nicht glücklich, aber es ist besser, in einem Taxi zu heulen als in der Straßenbahn.

Dann hört sie ungewohnte Geräusche und denkt sich nichts dabei, fremde Länder, anderer Sound. Doch dann erscheint auf dem Monitor der Hinweis, daß der Vorgang aus technischen Gründen abgebrochen werden mußte. Das wäre nicht ja nicht so schlimm, aber das Ding gibt auch die Karte nicht mehr frei. Die ersten fünf, sechs Sekunden wartet Juli noch geduldig, dann wird sie nervös und fängt an, mit dem Automaten zu reden:

– Komm schon, gib mir meine Karte wieder, bitte, ich brauch sie, ohne Karte sind wir aufgeschmissen, tu mir den Gefallen, du kannst doch eh nichts mit ihr anfangen.

Das nützt natürlich nichts, ein oder zwei Minuten steht sie da und weiß nicht, was sie tun soll, sie ist wie versteinert. Vielleicht hätte ich es doch mit einem kleineren Betrag versuchen sollen, denkt sie, vielleicht war ich zu habgierig und werde jetzt dafür bestraft.

Plötzlich weiß sie, was zu tun ist. Sie werden einfach hier warten, bis morgen früh die Bank wieder aufmacht, dann wird sie reingehen, ihren Ausweis zeigen und sich ihre Karte wiederholen. Ihr Dispo ist noch nicht voll ausgeschöpft, sie wird ja wohl mit dieser Karte noch ein wenig Geld ziehen können, das ist nur ein technischer Defekt gerade, ein schlecht gewarteter Automat, irgendeine Walze, die nicht geölt wurde oder ein Sandkorn auf dem Lesegerät oder ein Vampirzahn im Rinnstein, der schlechte Schwingungen verbreitet.

Sie setzt sich wieder ins Auto, zieht die Tür zu, lauter, als sie wollte, und legt die Hände in den Schoß. Daniel wacht auf und reibt sich die Augen.

– Wo sind wir hier?

– Cluj.

– Schön.

Einige Sekunden sagt er nichts, schaut aus dem Fenster, dann wieder zu Juli, dann wieder aus dem Fenster.

– Was machen wir hier?

– Wir warten, bis die Bank aufmacht und ich meine Karte wiederkriege, damit wir Geld ziehen können.

– Deine Karte wiederkriegst?

Juli deutet auf den Automaten.

– Dieses Kartenmonster hat meine Karte gefressen. Einfach so.

– Juli, wir müssen weiter, wir können hier nicht die ganze Nacht stehen und warten.

– Daniel. Daniel Bannier, kannst du mir sagen, wie wir ohne Geld weiterkommen sollen? Wir müssen hier warten.

– Das dauert zu lange. Es ist Dienstag abend, wir haben noch einen weiten Weg vor uns, diese Karre hier fährt nicht besonders schnell, ich muß Freitag mittag in Istanbul sein, sonst sehe ich sie womöglich nie wieder. Ich weiß nicht mal, wie Melek mit Nachnamen heißt.

– Okay, sagt sie, okay, wir fahren weiter. Das nächste Mal, wenn wir tanken müssen, dann habe ich keinen Notgroschen, den ich hervorzaubern kann, und essen müssen wir irgendwann auch mal, wenn du glaubst, das kriegen wir alles hin ohne einen Pfennig, dann laß es uns versuchen.

Sie steigt aus, geht um das Auto herum, macht ihm die Tür auf und sagt:

– Du fährst.

Sie ist sauer, daß Daniel mit solcher Unbeirrbarkeit sein Ziel verfolgt, aber gleichzeitig ist sie davon überzeugt, daß sie ohne Geld noch langsamer vorwärts kommen werden und es so nie schaffen, Freitag mittag in Istanbul zu sein. Er wird schon sehen, was er davon hat, denkt sie, er wird sie verpassen, und ich werde froh darüber sein.

Berge versetzen

Kurz bevor sie aus der Stadt rausfahren, sieht Juli zwei ältere Männer, die auf einer Bank sitzen und rauchen, zwischen ihnen steht eine Flasche mit einer klaren Flüssigkeit, aber ohne Etikett.

– Halt mal kurz, sagt sie.

Daniel sieht sie fragend an, bremst aber ab, Juli steigt aus, geht zu den beiden Männern, die ihr Gespräch unterbrechen und sie ansehen, sie lächelt breit, zupft sich ihr Top ein Stück runter und fragt:

– Könnte ich vielleicht zwei Zigaretten haben? Wäre das möglich?

Sie führt eine imaginäre Zigarette an ihre Lippen, hält den Kopf schräg und blickt bittend von einem zum anderen.

Die beiden lachen, einer holt eine Packung aus der Tasche und hält sie ihr hin. Juli beugt sich vor, weiter als es sein müßte. Mit ihren Dreadlocks und weiten Hosen entspricht sie bestimmt nicht dem Schönheitsideal dieser Männer, aber sie weiß, wo ihre Blicke jetzt kleben. Sie will sich gerade zwei Zigaretten nehmen, als der Mann ihr die ganze Packung in die Hand drückt. Juli bedankt sich, Feuer haben sie zum Glück noch, sie deutet eine Verbeugung an und geht dann zurück zum Auto. Sie zündet eine an, hält sie Daniel hin, ihre Finger berühren kurz seine Lippen. Dann zündet sie sich selbst eine an, inhaliert tief, atmet den Rauch wieder aus und sagt:

– Rauchen ist etwas Schönes. Es gibt Zigaretten, die vergißt man wahrscheinlich nie. Kennst du das?

– Ja, sagt Daniel, die letzte, an die ich mich gut erinnern kann, habe ich geraucht, nachdem ich das erste Mal alleine eine Klasse unterrichtet habe. Ich hatte die Schüler überhaupt nicht im Griff. Ich bin nach dem Klingeln schnurstracks ins Raucherzimmer und habe mir eine angesteckt. Es war wirklich mehr als entspannend, da zu sitzen und zu rauchen. Und davor, als ich mit Freunden in Holland war, wir haben die ganze Nacht in den Dünen gesessen und Bier getrunken und geredet. Und ich weiß noch genau, wie die Zigarette geschmeckt hat, die ich mir bei Sonnenaufgang angezündet habe. Und die hier schmeckt gerade auch richtig gut.

Juli schnurrt leise und behaglich, ihr Ärger von vorhin ist verflogen, sie hat die Augen geschlossen und hört Daniel zu.

– Du mußt noch den Text lernen, sagt sie, als sie die Kippe aus dem Fenster schnippt.

– Muß das jetzt sein?

– Du hast es versprochen.

Sie spricht ihm den Text noch mal vor.

– Ist ja gar nicht so schwer. Also gut: Meine Herzallerliebste …

Daniel stockt und scheint sich zu konzentrieren. Juli schließt die Augen wieder, es ist ein schönes Spiel, sie stellt sich einfach vor, er würde diese Wort tatsächlich zu ihr sagen. Wenn er Schauspieler wär, denkt sie, und in einem Film diesen Satz sagen müßte, ich würde hundertmal reingehen und an der Stelle immer die Augen schließen und einfach nur zuhören, wie er *mir* sagt, daß er mich liebt.

– ... ich bin Tausende von Meilen gegangen, ich habe Flüsse überquert, ich habe gelitten, ich habe der Versuchung widerstanden und bin der Sonne gefolgt, um dir gegenüberstehen zu können und dir zu sagen, daß ich dich liebe.

Juli schweigt, und nach zwei Sekunden der Stille platzt Daniel heraus:

– Und scheiß auf die Berge, die ich versetzt habe.

Sie lachen beide, dann sagt Juli ernst:

– Du hast Qualen über dich ergehen lassen.

– Ach ja, jetzt fällt es mir wieder ein.

– Ja, du hast auf dem Dach eines Busses Todesängste ausgestanden, das ist doch keine Lüge.

Der kleine Schlaf zwischendurch

Zwei Zigaretten später döst Juli ein, im Halbschlaf phantasiert sie, daß Daniel tatsächlich ein Schauspieler ist und in einem Film diesen Satz sagen muß, aber es nie richtig hinkriegt, der Regisseur ist schon ganz verzweifelt, die Szene wird zum achtundvierzigsten Mal gedreht, alle sind total entnervt. Gerade als es dann zu klappen scheint, Daniel den Satz bis auf die letzten drei Worte fehlerfrei gesprochen hat und Juli erleichtert denkt, daß jetzt alles gut wird, wird sie durch eine heftige Bewegung des Autos plötzlich wach.

Sie reißt die Augen auf, versucht etwas zu erkennen, aber da ist nur die dunkle Straße vor ihnen, kein anderes Fahrzeug weit und breit.

– Was war das, fragt Juli, ein Tier?

Daniel schüttelt den Kopf. Es dauert einige Sekunden, bis er etwas sagt.

– Mir fallen die Augen zu, ich kann nicht mehr. Magst du ein Stück fahren?

– Ich bin auch müde, laß uns irgendwo ranfahren und im Auto schlafen.

Daniel scheint einen Augenblick zu überlegen, dann nickt er. Er biegt in den nächsten Feldweg ein, stellt den Motor ab, macht das Licht aus und legt die Lehne seines Sitzes zurück.

– Ich hab Hunger, sagt er.

– Ich auch, sagt Juli, und wie. Aber es ist weit und breit kein Lebkuchenhaus zu sehen. Laß uns noch eine letzte Zigarette rauchen.

Sie legt auch ihre Lehne zurück, dann rauchen sie gemeinsam, halb sitzend, halb liegend, es ist dunkel, nur die Glut und die Sterne erhellen ein wenig das Innere des Wagens. Es ist ungewöhnlich still, keine Grillen, keine Frösche, kein Wind, keine anderen nächtlichen Geräusche.

– Das letzte Mal, daß ich in einem Auto übernachtet habe, ist lange her, sagt Daniel.

– Kannst du dich noch daran erinnern?

– Ja, ich habe damals noch Zivildienst gemacht, ich war Fahrer beim ASB, ich bin mit einem Freund nach Brüssel gefahren, die Jugendherberge war überfüllt, die Hotels, die wir bezahlen konnten, auch, wir sind schließlich abends aus der Stadt rausgefahren und haben uns eine stille Ecke gesucht und dann dort geschlafen. Es war so unbequem, am nächsten Tag hat mir alles weh getan, das passiert mir nicht noch mal, habe ich damals gesagt, ich fahre nie wieder ohne eine Hotelreservierung los, und daran habe ich mich bis vor ein paar Tagen auch gehalten.

– Bereust du es?

Daniel schüttelt langsam den Kopf, nimmt einen letzten Zug von seiner Zigarette, kurbelt das Fenster runter und flitscht den noch glühenden Stummel raus.

– Hast du oft im Auto geschlafen? fragt er Juli.

– Ja, sagt sie, ich hatte mal einen Freund, der stand auf große Autos, nichts teueres, weißt du, aber es mußte lang und breit sein, am besten ein Kombi. Ich muß mich da drin zu Hause fühlen, sagte er immer. In seinem Wagen haben wir oft übernachtet.

– Ihr wart zusammen?

– Ja.

– Aber jetzt seid ihr es nicht mehr?

– Nein, er war nicht der richtige.

– Was war er für ein Typ?

– Einer, der sich irgendwie durchschlägt, der nie viel auf die Beine stellt, aber immer die Kurve kriegt.

– Hast du noch Kontakt zu ihm?

– Ja, natürlich, wir waren fast drei Jahre lang zusammen, das kann man nicht einfach so abhaken.

– Wohnt er in Hamburg?

– Er ist nach Berlin gegangen, warum fragst du?

– Nur so. Schlaf gut und träum was Schönes.

– Du auch.

Juli liegt noch eine Weile wach und horcht auf Daniels Atem. Als sie glaubt, daß er eingeschlafen ist, beugt sie sich zu ihm rüber und küßt ihn sanft auf die Wange.

Kara Sevda

Es ist mitten in der Nacht, als Esras Freundin Songül schließlich geht. Melek, Esra und Songül haben in Esras Küche gesessen und Gin-Tonics getrunken. Melek war dankbar dafür, daß sie ein wenig Ablenkung hatte und nicht an Isa und die Wahrsagerin denken mußte. Aber dann wurde es immer später und später, Esra und Melek gähnten verstohlen, doch Songül machte lange keine Anstalten, aufzubrechen. Nun ist sie fort, Esra streckt sich auf dem Sofa aus, Melek lehnt sich mit dem Rücken dagegen und fragt:

– Was war mit der denn los? Die war ja seltsam, und glücklich sah sie auch nicht aus.

– Kara Sevda, sagt Esra, so scheint es für sie geschrieben zu stehen.

Kara Sevda, die dunkle Seite der Liebe, ein Verlangen, das nicht erwidert wird, eine Sehnsucht, die für immer unerfüllt bleiben muß, ein Schmerz, den man mit sich herumträgt, als sei man mit ihm verwachsen, eine Hoffnung, die nie erlischt. Unglücklich verliebt ist eine schwache Umschreibung dafür.

– Wie lange geht das schon so? fragt Melek.

– Fünf Jahre, sagt Esra, fünf Jahre. Vor fünf Jahren ist sie in diese Bar gegangen, hat Yavuz gesehen, der dort arbeitete, und seitdem ist es um sie geschehen. Sie will nur ihn, aber er will sie nicht. Sie hat alles versucht, das erste Jahr dachte ich noch, das geht vorüber, sie hing immer an der Theke, hat sich von ihm Cocktails mixen lassen und sich mit ihm unterhalten, ihn angehimmelt. Sie war eifersüchtig, wenn andere Frauen alleine an der Theke saßen. Sie hat rausgefunden, wo er wohnt, wer seine Eltern sind, daß er keine Freundin hat, sie hat ihn regelrecht belagert, ist ihm immer wieder gaaanz zufällig über den Weg gelaufen. Er hat nicht das geringste Interesse gezeigt, doch sie hat sich nicht entmutigen lassen, sie hat wirklich alles versucht. Yavuz muß irgendwann beeindruckt gewesen sein, aber er liebt sie einfach nicht. Songül hätte das Schwarze Meer in ein Aquarium gequetscht, wenn es ihr geholfen hätte, diesen Mann zu kriegen, sie war wild entschlossen. Eines Tages, eines Tages wird er mich auch wollen, hat sie gesagt, ich habe alle Zeit der Welt. Ich werde ihn so mit Liebe überschütten, daß er meine Liebe eines Tages erwidert. Er wird sehen, daß keine andere Frau es mit meinen Gefühlen für ihn aufnehmen kann, keine kann ihn mehr lieben als ich, es ist unmöglich, sieh doch nur, wieviel sich bei mir angestaut hat. Es mag im dritten Jahr gewesen sein, als sie in seine Wohnung eingebrochen ist und sich nackt in sein Bett gelegt hat. Er hat sie rausgeschmissen. Sie kann ihn nicht vergessen. Wenn sie ihn nicht kriegen kann, will sie keinen haben, sagt sie. Eines Tages wird sie noch verrückt werden, sie wird in Bakırköy enden, in der Klapse, aber es gibt nichts, was man dagegen tun könnte. Der Blitz hat bei ihr eingeschlagen in dem Moment, als sie ihn das erste Mal gesehen hat, dieses Gefühl will sie gar nicht vergessen. Kara Sevda, das scheint ihr Schicksal zu sein.

– Sie weiß doch aber mittlerweile, daß sie ihn nicht kriegen wird, oder?

– Müßte sie ja, aber sie hat immer noch Hoffnung, und sie will diese Hoffnung nicht aufgeben, es ist das einzige, was sie noch am Leben hält. Yavuz ist seit letztem Sommer verheiratet. Songül war sogar auf der Hochzeit. Manchmal denke ich, sie spinnt total, doch manchmal bewundere ich sie auch. Wieviel Kraft dazu gehören muß, so zu leben wie sie.

– Ich glaube, ich könnte das nicht.

– Ich auch nicht.

– Du und Isa, fragt Esra nun, glaubst du, das ist für immer?

– Ja, antwortet Melek, ich glaube, das ist für immer.

– Wollt ihr nicht bald mal heiraten?

Melek beißt sich auf die Lippen, um nicht noch breiter zu lächeln, als sie es gerade tut. Esra richtet sich auf und sieht ihr ins Gesicht.

– Du hast noch gar nichts davon erzählt.

– Es soll auch noch niemand wissen.

Sie kichern beide, als seien sie gerade mal vierzehn.

– Komm, laß uns darauf noch einen trinken, sagt Esra.

Sie gehen zusammen in die Küche und mixen sich noch einen letzten Drink.

Die Tür zu neuen Wegen

Die Sonne knallt auf das Dach des Autos, es wird schon warm, als Daniel und Juli erwachen. Julis Top klebt an ihrem Rücken, sie streckt sich ein wenig, schmatzt dann leise, ihr Mund ist ganz ausgetrocknet, und Daniel sagt:

– Ich könnte auch einen Schluck zu trinken vertragen, ich bin komplett dehydriert.

– Ich hab einen Brand wie 'ne Bergziege, sagt Juli.

– Ich hab Durst wie ein Schiffsbrüchiger.

– Und ich könnte ganz Gerolstein leertrinken.

– Und ich fühle mich trocken wie Weihnachtsgebäck im März.

Sie lachen beide, steigen aus, dehnen sich noch mal richtig, strecken die Arme zum Himmel, sie haben keine Uhr, aber es mag wohl so gegen neun sein. Daniel geht ein paar Schritte, und nach etwa fünfzehn Metern bleibt er breitbeinig stehen, hantiert an seiner Hose und erleichtert sich. Juli nutzt die Gelegenheit, daß er ihr den Rücken zugewandt hat, und hockt sich ganz in der Nähe des Autos mit der Hose in den Kniekehlen hin. Als sie wieder einsteigen, fragt sie:

– Und was machen wir nun? Hast du einen Plan?

Daniel läßt den Motor an, legt den Rückwärtsgang ein, dreht sich um, einen Arm um Julis Kopfstütze, und fährt so bis zur Straße. Als er dann wieder vorwärts fährt, hat er immer noch kein Wort gesagt, er blickt stur auf die Straße und scheint nachzudenken. Juli sieht ihn von der Seite an, ihre Zunge klebt am Gaumen, sie hat nicht mal Lust, eine zu rauchen, sie hat Hunger, die Tankanzeige steht auf Viertel, sie haben kein Geld und keine Wertgegenstände, sie ist gespannt, wie Daniel ihre Probleme wohl lösen wird, sie selbst hat nämlich nicht die geringste Idee.

Bestimmt eine Viertelstunde fahren sie so dahin, vor ihnen der endlose graue Asphalt, links und rechts nur brachliegende Felder, nicht der geringste Lichtblick, keine Blumen, kein Vieh, kein kiefernbewachsener Hügel, nur Ödnis.

– Wenn wir doch wenigstens ein Auto mit Radio geklaut hätten, sagt Juli, dann hätten wir wenigstens ein bißchen Unterhaltung.

Daniel scheint einige Sekunden nachzudenken, dann gleitet ein Lächeln über sein Gesicht, als sei ihm gerade etwas eingefallen.

– Soll ich dir was vorsingen?

– Gerne.

– Mal sehen, wie wär es mit: *Saturday night at the movies?*

Daniel fängt an zu singen, Juli schließt die Augen, es dauert ein wenig, doch dann hat sie diese Landschaft, ihren Durst und die ganze Situation fast vergessen, als Daniel abrupt aufhört und bremst. Sie hört Kies unter den Reifen, macht die Augen auf und sieht, daß sie vor einer Werkstatt stehen.

– Was ist denn, ist etwas kaputt? fragt sie. Ist das Ding jetzt auch Schrott?

– Warte mal, sagt Daniel steigt aus und geht auf den Mann zu, der sich schon von seinem Platz im Schatten erhoben hat. Juli kann nicht verstehen, was er sagt, sie sieht Daniel nur gestikulieren, er scheint auf Juli zu deuten, sie kann sich nicht erklären, was das soll. Der Mann ist unrasiert, hat einen Schnäuzer und einen kleinen Bauch, er lacht, deutet ebenfalls auf Juli und nickt dann. Sie reden noch ein wenig und geben sich schließlich die Hand. Juli steigt aus und geht auf die beiden zu. Daniel strahlt sie an.

– Ich habe ihm die Tür verkauft.

– Du hast was?

– Ich habe ihm die Beifahrertür verkauft.

– Das geht?

– Ja, wir sind hier nicht in Deutschland, er kann sie gut gebrauchen, und was sollen wir schon mit der Tür, es ist warm draußen.

Juli nickt anerkennend, und als der Mann mit zwei Flaschen Cola, die schon beschlagen sind, neben ihnen auftaucht, wirft sie ihre Arme um Daniels Nacken, drückt ihn an sich und nimmt dann ihr Getränk in Empfang.

– Was kriegen wir dafür?

– Zwei Flaschen Cola.

– Bitte was? fragt sie völlig entsetzt, doch dann merkt sie, wie Daniel grinst.

– Eine Tankfüllung und ein kleines Frühstück können wir uns damit allemal leisten.

Karussell

Nachdem sie gefrühstückt haben, zünden sie ihre Zigaretten an, lehnen sich zurück, und Juli sagt:

– Es ist so einfach, ein Frühstück, etwas zu trinken, eine Zigarette und ein Mann mit guten Ideen.

Daniel geht auf das Kompliment nicht weiter ein, aber Juli hat schon den Eindruck, daß es ihm schmeichelt. Sie drücken die Kippen auf dem Tellerrand aus, zahlen und gehen zum Auto. Daniel geht auf die Beifahrerseite, Juli glaubt, er habe keine Lust mehr zu fahren, doch er öffnet pantomimisch die nicht mehr vorhandene Tür, verbeugt sich tief und sagt:

– Darf ich bitten, Mylady?

Juli findet es ungewohnt, so halb im Freien zu sitzen, als sie wieder fahren. Sie hat ein wenig Angst und legt den Gurt an. Aber dann streckt sie vorsichtig erst die Hand und dann den Fuß nach draußen, es fasziniert sie, wie anders die Welt aussieht, sobald nur eine Tür fehlt. Daniel grinst die ganze Zeit, als könne er es selbst nicht glauben, daß er so eine Idee hatte und daß es wirklich funktioniert hat.

– Sieh mal da vorne, ein Jahrmarkt. Laß uns halten, ja? Bitte.

Juli glaubt schon, er würde wieder davon anfangen, wie eilig sie es haben und was für eine Zeitverschwendung es wäre, auf so einen Jahrmarkt zu gehen, doch Daniel nickt nur.

Es ist eine winzige Kirmes, die gerade mal ein Riesenrad hat. Überall stehen alte Geräte rum, die schon bessere Tage gesehen haben, vor zwanzig, dreißig Jahren vielleicht, die Farbe blättert ab, der Rost nagt an den Rohren, die Kugellager ächzen und quietschen, als hätten sie sich längst einen Platz im Altersheim verdient, wo junge, silbern glänzende Schwesternkugellager sie täglich mit feinstem Schmieröl versorgen, um ihnen die letzten Tage noch reibungslos zu gestalten. Es ist ein Jahrmarkt ohne besondere Attraktionen, sieht man mal von der angeblichen Wahrsagerin mit der Warze auf der Hakennase ab, ein Jahrmarkt, der an vielen anderen Orten einfach nur noch Trostlosigkeit verstrahlen würde.

Doch hier laufen kleine Kinder barfuß herum, kreischen begeistert, Jugendliche lachen, Jungs stehen in Gruppen zusammen und beäugen die Mädchen, alle scheinen ausgelassen und fröhlich zu sein, junge Paare gehen Arm in Arm über den Schotter, und keiner stört sich an den Äußerlichkeiten, das hier scheint ein guter Vorwand zu sein, um sich zu treffen und zu amüsieren.

Die Stimmung steigert die gute Laune der beiden noch, sie kaufen sich Zuckerwatte, lachen und feixen, geben den Kindern, die sie bald umringen, etwas ab.

Gestern haben wir geheiratet, und das hier sind jetzt wirklich die Flitterwochen, denkt Juli. Wenn man den richtigen Mann hat, muß man nicht auf die Azoren, Kanaren oder Balearen, nicht nach Miami, Tokio, Paris, New York oder Istanbul, wenn man den richtigen Mann hat, kann der schäbigste Ort der Welt zum Paradies werden. Sie hakt sich bei Daniel ein, lehnt ihren Kopf an seine Schulter und schlägt vor, eine Runde mit dem Kettenkarussell zu fahren.

Schon sitzen sie in den engen harten Sitzen, halten sich an den bräunlichen Ketten fest, erst geht es tagelang immer nur geradeaus, wenn auch mit Hindernissen, und jetzt drehen sie sich fröhlich Kreis. Sie jauchzen und kreischen, als hätte das Ding eine atemberaubende Geschwindigkeit und sei der Inbegriff von Spaß, gar nicht zu vergleichen mit solch langweiligen Sachen wie Achterbahn, Wildwasserkanu oder Autoscooter.

Juli ist glücklich, ihre Füße berühren den Boden nicht, sie hat Daniels Rücken direkt vor ihren Augen, sie erinnert sich, was für Abenteuer Jahrmärkte als Kind für sie waren, wie sie abends erschöpft in ihrem Bett lag, den Geruch von gebrannten Mandeln und Bratäpfeln noch in der Nase, völlig übermüdet von diesem seltsamen Gefühl in der Magengrube, wenn es plötzlich abwärts ging, den Schrecken der Geisterbahn, dem Schwindelgefühl auf der Schiffschaukel und im Riesenrad. Sie fühlt sich für einige Augenblikke genauso gut wie damals, als sie sich unter ihrer kuscheligen Decke nicht mal mehr wünschte, jeder Tag könne so sein.

Als das Karussell anhält und sie aussteigen, tut

Daniel so, als wäre ihm schwindelig und hält sich an Julis Schulter fest. Sie kichern beide los, als hätten sie was geraucht. Oder seien verliebt.

Kirmesschläger Esra hat heute ihren trainingsfreien Tag, Melek und sie sitzen mit Teegläsern in der Hand in ihren Pyjamas vor dem Fernseher und sehen sich einen Film mit Cüneyt Arkın an, der gerade wieder mit einem einzigen Schuß drei Leute niederstreckt.

– Isa hat erzählt, daß er das früher sehr gerne gesehen hat, erzählt Melek, in den Achtzigern, als es noch kein Satellitenfernsehen gab, haben wir sehr viele türkische Filme auf Video gesehen. Ich mochte die Komödien mit Kemal Sunal am liebsten, aber Isa war absoluter Cüneyt-Arkın-Fan, alles zu Kleinholz schlagen, gerade das richtige für halbwüchsige Jungs.

– Sieh dir das an, sagt Esra, er zielt auf den Boden und trifft den Typen in die Brust. Das ist doch auch eine Komödie.

– Habe ich dir schon mal erzählt, wie Isa sich auf der Kirmes die Hand gebrochen hat?

– Die Hand gebrochen?

– Ja, zuviel solcher Filme. Ich war nicht dabei, aber seine Freunde erzählen die Geschichte immer noch gerne. Er war fünfzehn und machte mit seinen Eltern Urlaub, hier vorne bei Kumburgaz, sie gingen abends auf die Kirmes, alle angetrunken und lärmend, halten sich für die Größten und kommen dann zu diesem Gerät, wo man mit der Faust auf das Polster schlagen muß und so eine Anzeigetafel sagt dir dann, wie stark du bist, Pantoffelheld, Schwächling, Athlet, Herkules, so in der Art. Alle schlagen nacheinander und versuchen, sich zu übertreffen. Isa hat damals wohl noch mit Hanteln trainiert, und er hatte schon immer eine große Klappe, ich bring's bis Herkules, kündigte er an, als er als letzter dran war. Das hatte noch keiner geschafft. Isa nimmt also zwei Schritte Anlauf, was eigentlich verboten ist, und rutscht auf einem Stein aus. Vielleicht war er auch einfach nur zu betrunken, auf jeden Fall hat er nicht das Polster getroffen, sondern die Anzeigetafel dahinter, und zwar so heftig, daß das Gerät einen Kurzschluß bekommen hat. Damit aber nicht genug, durch diesen Kurzschluß brach die ganze Stromversorgung zusammen, nicht nur die Kirmes, sondern das ganze Dorf stand ohne Elektriziät da. Plötzlich war es stockdunkel. Zuerst wußten die Jungs nicht, was sie tun sollten, sie haben sich schnell verdrückt und erst mal eine geraucht auf den Schreck. Isas Hand hat geblutet und sah gar nicht gut aus, aber er hatte Angst, damit nach Hause zu gehen und sie seinem Vater zu zeigen und ihm zu erzählen, was passiert ist. Sie haben das Blut mit Taschentüchern gestillt, und Isa hat die Hand in der Jackentasche versteckt, als er eine halbe Stunde später nach Hause ging. Sein Vater war wohl schon fuchsteufelswild. Hast du schon gehört, warum wir hier bei Kerzenschein sitzen? schrie er, als Isa kam. Weil so ein Halbstarker, so ein Sohn eines Esels, dem ich ins Maul geschissen habe, so ein Hurensohn, den man zurück in das Loch stopfen sollte, aus dem er gekrochen ist, zu blöd war, diese riesige Zielscheibe mit seiner Faust zu treffen. Ich sage dir, wenn ich diesen Ochsen in die Finger kriege ...

Isa hat sich gar nicht mehr getraut, irgend etwas zu sagen, doch nachts hat ihm die Hand so weh getan, daß er seine Eltern geweckt hat. Die haben ihn dann ins Krankenhaus gefahren. Der Vater hat den Rest des Urlaubs kein Wort mehr mit ihm gesprochen.

– Das ist ja eine filmreife Geschichte, sagt Esra.
– Aber erzähl das bitte nicht Hakan, der kann Isa dann wahrscheinlich noch weniger leiden.

Verflossene

– Bist du als Kind auch immer so gerne auf den Jahrmarkt gegangen? fragt Juli, als sie wieder im Auto sitzen.

– Nein, sagt Daniel, als Kind nicht so gerne, ich hatte da alleine keinen so großen Spaß dran. Weißt du, meine Eltern haben mich mitgenommen, und ich durfte alles haben, was ich wollte, aber mir hat es einfach nicht gefallen, alleine auf dem Karussell zu sitzen und den beiden zuzuwinken, oder alleine Autoscooter zu fahren. Mein Vater ist nie mitgefahren. Und meine Mutter auch nicht. Ich habe gerne Büchsenwerfen gespielt, weil ich da in der Nähe meiner Eltern bleiben konnte. Oder mit Dartpfeilen auf Luftballons werfen.

Sie müssen laut reden, weil der Wind ihre Stimmen durch die Öffnung, wo die Tür war, fortträgt.

– Hast du keine Geschwister?

Daniel schüttelt den Kopf. Juli wartet, daß er ihr die gleiche Frage stellt, doch er tut es nicht. Sie hat noch einen drei Jahre älteren Bruder, der bis zum Vordiplom fleißig Betriebswirtschaft studiert hat, aber dann auf einer Pauschalreise nach Thailand so begeistert von dem Land war, daß er schließlich alles hat stehen und liegen lassen und dorthin ausgewandert ist. Manchmal beneidet sie ihn, doch eigentlich weiß sie, daß das nichts für sie wäre.

– Mit deiner Freundin? fragt sie. Warst du später mit deiner Freundin gerne auf dem Jahrmarkt?

– Ja, sagt er, am Anfang, auf dem Jahrmarkt, im Kino, am Hafen.

Juli hält ihm die Packung hin, und er nimmt sich eine Zigarette raus. Sie wartet, bis er einen Zug genommen hat, und fragt dann:

– Was war das Problem?

– Ich weiß es nicht, sagt er.

Juli merkt, wie er zu ihr rüberschaut, doch sie sieht weiter nach vorne auf die Straße.

– Woher wußtest du, daß es ein Problem gab?

Juli zuckt mit den Schultern und nimmt sich auch eine Kippe. Sie hat Schwierigkeiten, sie bei dem Wind anzuzünden.

– War es wegen jemand anderem? fragt sie.

– Ja, sagt Daniel, sie hat diesen anderen Studenten kennengelernt, Zahnmediziner, und dann war von einem Tag auf den anderen Schluß. Sie ist zu ihm gezogen, und jetzt haben sie ein Kind.

– Denkst du oft an sie?

– Nein, nur sporadisch.

– Wie hieß sie?

– Verena.

Juli versucht sich vorzustellen, wie Verena wohl ausgesehen hat und was es war, das die beiden auseinandergebracht hat.

– Ist es lange her?

– Fast drei Jahre.

– Und seitdem hattest du keine Freundin mehr?

Daniel schüttelt den Kopf, Juli würde gerne wissen, ob er seitdem vielleicht die eine oder andere Affäre hatte, doch irgendwie ist er nicht der Typ dazu.

– Ich hab mich um sie gekümmert, habe versucht, aufmerksam zu sein, ihr hin und wieder Kleinigkeiten mitgebracht, mir Überraschungen ausgedacht, ich wollte nicht, daß es irgendwann langsam einschläft. Ich habe versucht, ihre Bedürfnisse zu erkennen, aber anscheinend hat ihr was gefehlt ...

– Vielleicht wart ihr einfach nicht füreinander bestimmt.

– Nein, das waren wir nicht. Ich habe ja mein Glück jetzt gefunden.

Zwei, drei Minuten lang sagen beide nichts, aber Juli möchte nicht so stumm neben ihm sitzen und ihn verstohlen und unglücklich von der Seite anhimmeln. Sie möchte auch nicht daran erinnert werden, warum sie gerade zusammen unterwegs sind, sie möchte so tun, als gäbe es die andere Frau nicht.

– Ist eigentlich eine deiner Schülerinnen in dich verliebt? fragt sie.

– Nein, sagt er, nicht daß ich wüßte.

Natürlich ist wenigstens eine seiner Schülerinnen in ihn verliebt, denkt Juli, er ist jung, er sieht gut aus, hat schöne braune Augen und eine sehr angenehme Stimme. Daniel Bannier würde wahrscheinlich erst merken, daß eine Schülerin in ihn verliebt ist, wenn er anonyme Briefe auf rosa Briefpapier bekäme, eingesprüht mit einem fruchtigen Parfum, Vanille, Erdbeer oder Kirsch. Und selbst dann könnte er sich wahrscheinlich nicht zusammenreimen, von wem die Liebeserklärung stammt.

Daniel sagt irgend etwas, aber nicht laut genug, es geht im Wind unter, Juli ist sich nicht sicher, ob sie das gerade richtig verstanden hat, deshalb fragt sie nach.

– Ach, nichts, ist schon gut, sagt er nur.

Er hat es gesagt, denkt Juli, er hat es wirklich gesagt, so sehr kann ich mich gar nicht verhört haben. Er hat gesagt: *Das war ein schöner Jahrmarktbesuch.*

Musik

Es ist nach Mittag, die Sonne scheint unerträglich heiß, Juli und Daniel haben wieder nur Zigaretten, sonst nichts, noch nicht mal einen Schluck Wasser, und wahrscheinlich war es auch keine gute Idee, von der klebrigen Zuckerwatte zu essen und das letzte Geld auf dem Jahrmarkt auszugeben. Nicht, daß Juli es bereut, aber im Moment hat sie Durst, und seltsamerweise knurrt ihr Magen auch schon wieder, obwohl das Frühstück noch nicht so lange her ist.

– Was hältst du davon, wenn wir deine Tür auch noch verkaufen? fragt sie.

– Gute Idee, ich kriege auch langsam wieder Hunger.

Sie halten an der nächsten Werkstatt, und dieses Mal steigen sie zusammen aus, und während sie mit dem Mann in den abgerissenen Latzhosen aushandeln, was sie für die Fahrertür bekommen, fällt Juli ein, daß sie die Motorhaube auch nicht wirklich brauchen.

– Laß uns auch die Motorhaube verkaufen, schlägt sie vor, wir haben noch einen weiten Weg vor uns.

– Dann können wir darauf keine Spiegeleier mehr braten, sagt Daniel mit einem Grinsen.

– Ja, erwidert Juli, weil wir das ja so oft getan haben in den letzten Tagen.

Nachdem sie das gesagt hat, geht ihr auf, daß es noch gar nicht so lange her ist, daß sie das Auto haben, erst seit gestern. Es kommt ihr vor, als seien sie schon ewig mit diesem klapprigen Dacia unterwegs.

Zwanzig Minuten später sitzen sie auf kniehohen Schemeln an Holztischen mit Plastikdecken im Freien und bekommen kleine Frikadellen serviert, die ein wenig nach Holzkohle riechen. Der Mechaniker hat ihnen diesen Laden empfohlen. Einen ganz kurzen Moment überlegt Juli, ob sie vielleicht wieder Durchfall bekommt von diesen stark gewürzten Hackfleischwürstchen, aber nachdem sie probiert hat, vergehen ihr die Bedenken, weil sie einfach zu gut schmecken.

Der Koch hat neben seinem Grill einen alten Radiorecorder, aus dem eine Musik scheppert, die Juli noch nie gehört hat und die sie sofort noch fröhlicher stimmt. Es klingt ein wenig orientalisch, ein wenig wie Zigeunermusik, ein wenig militärisch, aber auf jeden Fall ist es unglaublich schnell. Trompeten, Klarinetten, Saxophone erklingen in einem Tempo, als sei der Teufel hinter diesen Musikern her, die ihre Seele nur retten können, wenn sie Kinder, Erwachsene und Greise mitreißen und zum Tanzen bewegen. Und die wunden Lippen sind wohl ein geringer Preis dafür, daß sie ins Paradies kommen, um dann auch da die Feste häufiger zu feiern, als sie fallen.

Daniel wischt sich mit einer Serviette, die aussieht wie blaues Packpapier, den Mund ab, steckt sich eine Zigarette an und geht zu dem Koch. Juli sitzt mit dem Rücken zum Grill, sie ist satt und zufrieden, sie raucht auch und wünscht, sie hätte jetzt einen kleinen Joint, um sich dann befriedigt und dösig hinters Steuer zu klemmen und gelassen und beschwingt durch diese Landschaft zu gondeln, bis Bukarest, und von da aus ist es ja nicht mehr weit bis zur Grenze. Einfach an nichts mehr denken, mit dem Auto verwachsen, der Schaltknüppel zieht die Hand magnetisch an, wenn der Gang gewechselt werden muß, die Hände lenken von selbst, das Lenkrad stenographiert die Bodenbeschaffenheit direkt in die Fingerspitzen, die Tachonadel steht kerzengerade nach oben, und die Kilometer verschwinden, als hätten sie nie existiert. Ja, ein kleiner Joint wäre jetzt schön, aber es reicht ihr auch schon, sich das nur vorzustellen, um dieses Gefühl zu kriegen. Die nächsten Stunden will sie einfach nur fahren.

Sie dreht sich nach Daniel um, der breit lächelnd auf sie zukommt, mit dem Handrücken der Rechten wischt er sich den Schweiß von der Stirn, und in der Linken hat er den Radiorecorder, in dem noch immer die Kassette läuft.

– Musik für unterwegs, sagt er, war gar nicht so teuer. Wir können ihn ja wieder verkaufen, wenn wir das Geld brauchen.

Das ist besser als jede Droge, die sie hätte nehmen können. Juli ist sprachlos.

Mr. Lobaloba

Mr. Lobaloba klingt es aus den Boxen, Daniel sitzt auf dem Beifahrersitz und hat den Recorder auf den Knien und den Lautstärkeregler bis zum Anschlag aufgedreht, ganz ohne Türen ist es noch lauter im Auto, außerdem pfeift eins der Motorteile da vorne leise im Gegenwind, der Sound ist nicht befriedigend, aber Daniel und Juli haben großen Spaß mit der Musik.

– Das ist ja abgefahren, ruft Juli, spul noch mal zurück, und dann singen sie beide aus vollem Halse mit: *Mr. Lobaloba.* Juli bewegt den Oberkörper zur Musik und trommelt auf das Lenkrad, Daniel klatscht in die Hände. Es ist ein kurzes Stück, und Juli kommt sich ein wenig vor wie ein Kind, als sie sagt: Noch mal.

Noch mal, noch mal, noch mal, noch mal und dann können sie fast schon den Text mitsingen, von dem sie kein Wort verstehen, sie ahmen einfach die Laute nach: *Ütrodiskotike ufatelijana ifjumra setane ischke jetajana.* Dann versuchen sie, einen deutschen Text auf die Melodie zu dichten. *Wir haben's grad nicht dicke, aber das ist kein Jammer, wir fahren Auto, und es ist ja Sommer.*

Die Zeit vergeht wie im Schlaf, sie können kein Radio hören, weil die Antenne abgebrochen ist, also drehen sie die eine Kassette, die sie haben, wieder und wieder um, bis es sich irgendwann so anhört, als würde sie leiern, und noch bevor Daniel die Kassette rausdrücken kann, um zu sehen, was los ist, verstummt die Musik ganz.

– Bandsalat? fragt Juli.

– Nein, antwortet Daniel, die Batterien sind leer.

Daniel legt die Musikmaschine auf die Rückbank, sie singen und summen weiter, die gute Laune bleibt ihnen noch eine Weile erhalten, aber irgendwann verstummen sie.

Generalprobe

Kurz nach Bukarest halten sie an einer Raststätte, tanken den Wagen voll, besorgen sich neue Batterien, und Juli kauft außerdem noch zwei Dosen Bier.

– Auf uns, sagt Daniel und hebt die Dose, als sie vor dem Auto stehen.

– Auf uns, wiederholt Juli.

Sie sehen sich in die Augen, als sie anstoßen, und beide zögern einen Moment, bevor sie die Dosen ansetzen, um zu trinken. Kurz bevor Juli das Gefühl bekommt, daß sie in Daniels Augen hineinfallen könnte wie in einen See, legt er den Kopf zurück und nimmt einen tiefen Schluck. Sie trinkt auch, das Bier ist kalt und schmeckt ihr noch besser, als sie es sich vorgestellt hatte.

Sie setzen sich mit den Dosen in den Händen ins Auto, Daniel löst die Handbremse und legt den Gang ein, Juli klemmt sich ihre Dose zwischen die Füße und wechselt die Batterien des Recorders. Sie hofft, daß sie irgendwo einen kleinen Grenzübergang finden, mit Beamten, denen man auch das Heiratsmärchen auftischen kann.

– Kannst du den Text jetzt eigentlich? fragt Juli.

– Ja, sagt Daniel. Meine Herzallerliebste, ich bin

Tausende von Meilen gegangen, ich habe Berge versetzt, ich habe gelitten und Qualen über mich ergehen lassen, ich bin der Sonne gefolgt, um dir gegenüberstehen zu können, um dir zu sagen, daß ich dich liebe.

Juli ist angenehm beschwipst von dem Bier, sie legt den Kopf auf die Nackenstütze und sieht den Film vor sich, in dem er diese Worte sagt.

– Nein, sagt sie nach einer Pause, du hast außerdem noch Flüsse überquert, und du hast der Versuchung widerstanden. Wenn du als Lehrer genauso schlecht bist wie als Schüler: na, dann gute Nacht.

Sie sagt es in einem neckenden Tonfall. Sie will ihm klarmachen, daß er seine Sache nicht ernst genug nimmt, aber sie will sich nicht anmerken lassen, wie sehr sie das ärgert. Ohne den geringsten Schimmer zu haben, ob ihr das gelungen ist, zündet sie sich eine Zigarette an, die jetzt nach dem Bier besonders gut schmeckt.

Noch eine Dose

– Was trinkst du da gerade? fragt Melek, die schon glaubt, es an den Geräuschen erkannt zu haben.

– Ein kleines Bierchen nur, das kann einem ganz schön auf die Eier gehen, so lange alleine unterwegs zu sein, sagt Isa. Ich kann ja nicht mal 'nen beknackten Tramper mitnehmen mit Onkel Ahmet im Kofferraum. Gestern abend kam an der Raststätte diese türkische Frau auf mich zu. Ob ich sie nicht mitnehmen kann. Sie hat auf der Rückbank geschlafen, und ihr Mann hat angehalten, um zu tanken. Sie wacht auf, als er gerade drinnen am Bezahlen ist, merkt, daß sie muß, geht auf den Pott, und als sie wiederkommt, ist der Mann schon weitergefahren. Teyze, sag ich zu ihr, teyze, das beste ist, du wartest hier auf deinen Mann, der wird schon merken, daß er dich vergessen hat, und zurückkommen, um dich zu holen. Wenn ich dich mitnehme, dann kommt er uns unterwegs vielleicht entgegen und wir erkennen ihn nicht, und dann steht er hier und fragt sich, wo du abgeblieben bist. Mein Sohn, sagt sie, laß das meine Sorge sein, du hast doch Platz im Auto, tu einer armen alten Frau doch einen kleinen Gefallen und nimm mich ein Stück mit. Sie fing an mit Allahını seversen und so, hat mich angefleht. Dann hab ich sie eingepackt und bin mit ihr losgeheizt, ihren Macker einholen, und sie sagt irgendwann ganz unschuldig so: Bei diesen Ungläubigen hängt manchmal der Geruch von Verwesung in der Luft. Sie glaubte, es komme von draußen. Nach zehn Minuten brüllt sie: Halt, das war mein Mann, der uns gerade entgegenkam. Ich gewendet auf der Landstraße und dem Typen hinterher, hab mich an seine Stoßstange geheftet und wollte, daß er anhält, Hupe, Lichthupe, Blinker rechts, und dann fährt er endlich rechts ran, steigt aus, knallt seine Tür zu und kommt auf mich zu. Der hat gar nicht gepeilt, was los ist, der dachte, ich wollte Ärger, die Scheinwerfer haben ihn wohl auch geblendet. Er reißt meine Tür auf, packt mich schon am Kragen, da sieht er endlich seine Frau. Er hat sich tausendmal entschuldigt. Aber weißt du, sagt er dann, du bist nicht ganz unschuldig, ich mach die Tür auf und sehe einen unrasierten Typen in abgerissenen Klamotten, der aussieht wie ein Terrorist.

– Aber es ist nichts passiert?

– Nein, nein, alles ist Ordnung, ich hab alles im Griff. Wie geht's dir denn? Was treibst du so?

Melek erzählt, was sie gestern gemacht hat und wie sehr sie ihn vermißt.

– Ich vermiß dich auch, Baby.

– Wo bist du denn jetzt?

– Kurz vor Bulgarien. Wenn alles gut geht, dann können wir uns sogar noch früher treffen. Ich ruf dich an. Ansonsten, zwölf Uhr, übermorgen. Bis dahin.

Melek sagt nichts.

– Melek?

– Bis übermorgen, ich freu mich auf dich.

Sie wollte bloß noch mal hören, wie er *Melek* sagt.

Flüsse überqueren

– No passport, no Bulgaria, no passport, no Bulgaria, Scheiße, das kann doch nicht sein, wir kommen da einfach nicht rüber, sagt Daniel genervt.

Sie haben es schon an drei Grenzübergängen versucht, Juli schweigt, damit Daniel sich nicht noch mehr aufregt.

– Was ist denn das für eine Straße da vorne rechts? fragt Daniel.

– Keine Ahnung, sagt Juli.

Daniel biegt kurz entschlossen ab. Was er Straße genannt hat, sieht eher aus wie ein Feldweg, aber die Richtung stimmt, irgendwo vor ihnen müßte Bulgarien liegen. Der Weg endet vor einer eingestürzten Brücke, die über einen Fluß führt.

– Sieh mal mal einer an, sagt Daniel.

– Was?

– Das da drüben müßte Bulgarien sein.

– Quatsch.

– Wieso nicht?

– Der Grenzfluß ist die Donau. Und dieser etwas breitere Gebirgsbach ist doch niemals die Donau.

– Bist du dir sicher, daß die Donau der Grenzfluß ist?

– Ja .... Nein ... Ziemlich sicher, sagt Juli.

Daniel nickt.

– Siehst du, sagt er, und wenn ich mich richtig erinnere, ist die Donau nicht die Grenze zwischen Rumänien und Bulgarien.

– Angenommen, das ist wirklich Bulgarien. Schwimmen wir dann jetzt rüber?

– Was heißt schwimmen? Wir fliegen.

– Wie meinst du denn das jetzt?

– Ich setz mit dem Auto rüber. Ich benutze das kurze Stück der Brücke, das noch steht, als Rampe. Ich fahre da hinten an, beschleunige, hier vorne heben wir ab und landen in Bulgarien. Das ist wie Skispringen.

Einen kurzen Moment fragt Juli sich, ob er versucht, witzig zu sein, aber sie spürt, daß es ihm ernst ist.

– Du hast sie doch nicht mehr alle, oder?

– Wieso? Das ist unsere einzige Chance. Es ist Mittwoch abend, wir sind noch nicht mal in Bulgarien, ich muß Freitag mittag in Istanbul sein. Ohne Auto schaffen wir das nie.

– Natürlich schaffen wir das auch ohne Auto.

– Hier nimmt uns doch niemand mit, wir stehen an der Landstraße, bis wir einen Sonnenstich kriegen, hatten wir doch schon. Wir brauchen das Auto, sonst schaffe ich das nicht.

– Du schaffst es aber auch nicht, wenn du beim Skispringen draufgehst. Hast du dir das schon mal überlegt?

Juli ist wütend, er setzt sein Leben aufs Spiel für diese Frau, es gibt nichts, das er nicht tun würde, da kann er noch so oft *wir* sagen und ihr beim Biertrinken in die Augen schauen, darüber kann sie sich jetzt nicht freuen. Soll er sie doch haben, denkt sie, soll er doch Freitag mittag in Istanbul sein und seinen Engel nach all diesen Prüfungen in die Arme schließen und sie heiraten und Kinder kriegen und glücklich sein bis ans Ende seiner Tage, soll er doch, verdammte Scheiße noch mal, ich will seinem Glück nicht im Weg stehen, aber er kann doch nicht sein Leben aufs Spiel setzen, das kann ich mir nicht ansehen.

– Wieso sollte ich dabei draufgehen, das ist ganz einfach Physik.

Daniel stellt den Motor ab und steigt aus.

– Sieh mal, sagt er und deutet auf den Fluß.

Widerwillig steigt Juli aus, sie steckt die Hände in die Taschen und versucht, seinen Erläuterungen zu folgen.

– Was schätzt du, wieviel Meter sind es vom Ende der Rampe bis zum gegenüberliegenden Ufer?

Er sieht sie erwartungsvoll an, Juli zieht die Schultern hoch, es ist ihr schnurzpiepegal.

– Zwanzig Meter? Seien wir großzügig, fünfundzwanzig Meter, mehr sind das doch niemals, oder?

Juli gibt wieder keine Antwort.

– Und was für eine Steigung hat die Rampe? Das sind mindestens zwanzig Grad, würde ich schätzen. Nehmen wir an, es wären bloß zehn, okay? Okay? hakt er noch mal nach, dieses Mal etwas lauter.

– Okay, sagt Juli.

– Was wiegt der Wagen? Eine halbe Tonne? Eine halbe Tonne weniger zwei Türen und einer Motorhaube? Gehen wir von einer halben Tonne aus.

Er nimmt einen Stock vom Boden, kniet sich hin, zeichnet eine Rampe, den Fluß und den Wagen in den Sand, dazu noch die Achsen eines Koordinatensystems.

– Die Frage muß also lauten: Wie schnell muß ich ein Auto von einer halben Tonne Gewicht beschleunigen, um bei einer Rampe von zehn Grad eine Entfernung von fünfundzwanzig Metern zu überwinden. Richtig?

Juli schweigt.

– Richtig, gibt er sich selbst die Antwort, wir haben also drei bekannte Größen und müssen nur die eine Unbekannte errechnen. Ist doch logisch.

Er kritzelt Zahlen in den Sand, rechnet, während Juli dasteht und es nicht glauben will, daß dieser Typ gerade so tut, als sei das wirklich nur eine simple Rechenaufgabe.

– 82,34, ich muß den Wagen auf 82,34 Stundenkilometer beschleunigen. Seien wir wieder großzügig und runden auf, sagen wir 85, das geht sogar auf diesem Feldweg. Es gibt also keinen einleuchtenden Grund, warum es schiefgehen sollte. Das Risiko ist kaum größer als das, von einem herabfallenden Dachziegel erschlagen zu werden.

– Und wenn du drüben aufkommst, und der Wagen überschlägt sich und explodiert, hä? Was ist dann mit deinem Gekrakel im Sand?

– So was passiert doch nur im Kino, Autos explodieren nicht so mir nichts dir nichts, wir sind hier nicht bei *Lethal Weapon*. Schlimmstenfalls bricht die Achse.

Juli versucht es anders.

– Tu es nicht, sagt sie und nach einer Pause: Bitte.

– Ich brauche das Auto.

– Leck mich doch.

Sie nimmt ihren Rucksack aus dem Auto, hievt ihn sich auf den Kopf und watet in den Fluß. Das Wasser ist unangenehm kalt, sie muß die Luft anhalten, als sie bis zu den Hüften drin ist. Die Strömung ist nicht besonders stark, doch mit jedem Schritt wird das Flußbett tiefer, bald steht ihr das Wasser bis zur Brust, und sie hat Mühe, das Gleichgewicht zu halten und vorwärts zu kommen. Einen Moment fragt sie sich, ob Daniel ihr jetzt zuschaut oder ob er mit anderen Sachen beschäftigt ist. Sie ist versucht, sich umzudrehen, hat aber Angst, daß sie dann den Boden unter den Füßen verliert.

Vorsichtig macht sie noch einen Schritt und noch einen, sie ist jetzt in der Mitte des Flusses, und das Wasser scheint nicht mehr tiefer zu werden. Dann wird es wieder flacher, und sie weiß, daß sie es geschafft hat, ihre Klamotten sind naß, ihr ist kalt, sie ist sauer, und sie ist in Bulgarien.

Juli dreht sich um, Daniel winkt ihr fröhlich, setzt sich ins Auto, legt den Rückwärtsgang ein und fährt los. Juli wringt ein wenig Wasser aus ihrem Top, geht mit ihrem Rucksack aus der Fluglinie, möglichst weit weg. Sie hat Angst. Nicht um sich, sie wird schon irgendwie klarkommen, wenn sie auf einmal allein ist und zusehen muß, wie es jetzt weitergeht. Sie hat Angst um Daniel, sie will, daß er lebt.

Sie sieht den Wagen nicht mehr, und etwas später hört sie, wie er anhält. Jetzt sind da nur noch die Vögel und das Plätschern des Wassers, sie lauscht angestrengt, doch es dauert gut zwei Minuten, bis sie Daniel beschleunigen hört. Sie meint zu vernehmen, wie er in den Zweiten schaltet, dann in den Dritten, dann sieht sie endlich auch den Wagen, der Vierte, er müßte jetzt eigentlich schnell genug sein, wenn das mit den 85 Stundenkilometern stimmt. Auf jeden Fall ist es zu spät, jetzt noch abzubremsen, er muß volles Karacho auf die Rampe. Und genau das tut er.

Die Zeit scheint sich zu dehnen, Bildern flackern in ihrem Hirn auf. Daniel und sie in einer gemeinsamen Wohnung in Altona. Melek in einem Hochzeitskleid. Sie als verbitterte alte Frau in einer Kaschemme, wo sie jeden Abend die gleiche Geschichte erzählt von ihrer unglücklichen Liebe. Daniels Mutter bei der Beerdigung. Ein riesiger Feuerball und eine schwarze

Rauchwolke. Ein kleiner Junge mit braunen Augen wie Daniel, mit einer Schultüte in der Hand.

Sie versucht, gleichzeitig an der Höhe und der Geschwindigkeit des Wagens zu erkennen, ob Daniel es schaffen wird. Sie hat nicht den geringsten Schimmer. Sieht es gut aus? Oder nicht?

Das Auto klatscht ins Wasser. Ungefähr an der tiefsten Stelle.

Es dauert Ewigkeiten, bis Daniel rausklettert und auf sie zugeschwommen kommt. Jetzt erst merkt sie, daß sie die ganze Zeit die Luft angehalten hat. Sie atmet aus, spürt, daß ihre Hände zittern, und hätte gerne eine Zigarette, aber die liegen im Wagen.

Daniel grinst über beide Ohren, als er ans Ufer stapft, ganz so, als hätte er gerade eine Heldentat vollbracht.

– Toll, sagt sie, als er tropfend vor ihr steht, gratuliere. Die Kinder, die bei dir lernen, tun mir jetzt schon leid. Du hättest dabei draufgehen können.

– Und was, wenn ich dabei draufgegangen wäre? fragt Daniel gleichgültig.

Juli weiß keine Antwort, sie würde ihn am liebsten schlagen, richtig feste, aber sie hat Hemmungen, weil sie glaubt, nicht genug Kraft in den Schlag legen zu können.

– Was hättest du getan, wenn ich draufgegangen wäre? fragt Daniel.

– Ich hätte mich gefreut, daß ich dich endlich los bin.

Juli ist immer noch kalt in den nassen Sachen. Sie sieht, wie Daniels Blick runterrutscht auf ihre steifen Brustwarzen, die sich wahrscheinlich deutlich unter dem Top abzeichnen. Das ist das erste Mal, daß er sie mit einer gewissen Begierde ansieht, und irgendwie macht sie das noch wütender und hilfloser.

Er sieht wieder hoch.

– Nein, im Ernst, fragt er, was hättest du getan, wenn ich über den Jordan wäre?

Seine Stimme ist sanft, das Grinsen ist aus seinem Gesicht verschwunden, er will es wissen, und einen ganz kurzen Moment glaubt Juli, sie könne ihm darauf antworten. Dann sagt sie nur:

– Solche Dinge soll man sich nicht ausmalen.

Sie nimmt ihren Rucksack und trottet vor ihm auf dem schmalen Trampelpfad durch das Gestrüpp, sie ist froh, daß sie nicht nebeneinander gehen müssen, sie kämpft mit den Tränen. Der Pfad führt nach einer Biegung in ein kleines Wäldchen, die Sonne findet keinen Weg durch die Blätter, Juli wird noch kälter, sie hat eine Gänsehaut, sie fühlt sich elend, wenn das so weitergeht, fängt sie gleich auch noch an, laut mit den Zähnen zu klappern. Warum bin ich eigentlich nicht in Hamburg geblieben, denkt sie zum ersten Mal, seit sie unterwegs ist.

Dann bleibt sie abrupt stehen, fragt sich, ob das vor ihr eine Fata Morgana sein kann. Am Ende des Wäldchens sieht sie Blau, ein breites, majestätisches Band in der Landschaft. Sie geht einige Schritte weiter, bleibt dann wieder stehen, nein, es besteht kein Zweifel, ihre Sinne trügen sie nicht. Etwas braut sich in ihr zusammen, eine Mischung aus Ärger, Wut, Ohnmacht, Erleichterung, Schadenfreude, Erschöpfung, Angst und Freude, und es kommt als hysterisches Lachen aus ihr raus, sie kann gar nicht mehr aufhören, sie bekommt nur halb mit, wie Daniel fragt:

– Was ist das?

Juli läßt ihren Rucksack fallen und biegt sich vor Lachen, nein, das ist ja zu komisch.

– Was ist das? fragt Daniel, als müsse er es aus ihrem Mund hören, damit Wirklichkeit wird, was er schon weiß.

– Darf ich vorstellen, sagt Juli, das ist die Donau, der Grenzfluß zwischen Rumänien und Bulgarien, Frau Donau, das ist Herr Daniel Bannier, weltbekannter Physiker und Skispringer, der bald im Staatsdienst sein umfangreiches Wissen an Schüler weitergeben wird. Er ist auch schon mal in Ihnen geschwommen, fügt sie hinzu.

– Das findest du wohl witzig, sagt Daniel, sehr lustig, ja?

Juli grinst ihn an, traut sich aber nicht, zu nicken.

– Das macht dir Spaß, ja?

Seine Stimme ist jetzt viel lauter, Juli versucht, ihre Mundwinkel nach unten gleiten zu lassen, aber es gelingt ihr nicht ganz.

– So was findest zum Lachen? Wagen weg, keine Zeit mehr, dieser Scheißfluß, verdammte Hundedrecksmistkacke, und du ... du ... du dämliche Schlampe findest das auch noch komisch.

Jetzt ist Juli das Grinsen vergangen. Mit einem Mal ist sie wieder ernst.

– Reg dich ab, sagt sie.

– Ich reg mich aber nicht ab, brüllt Daniel, als müsse er irgendwelchen Cholerikern Konkurrenz machen. Ich. Rege. Mich. Nicht. Ab. Du hast mich doch in diese ganze Scheiße reingeritten, das ist doch alles deine Schuld. Hätte ich schön die Fähre in Italien genommen, wäre ich längst da und würde jetzt nicht am Arsch der Welt festsitzen.

Sein Gesicht ist ganz verzerrt, Juli hätte nie geglaubt, daß er so laut und so wütend werden kann.

– Ach ja, sagt sie, das ist meine Schuld? Ohne mich hättest du es nie so weit gebracht. Wer hat denn die Idee mit dem Kutter gehabt und gefragt? Wer hat dir denn über die Grenze geholfen? Wer wollte dir denn Geld geben, obwohl er selber keins hat? Wer hat denn das Auto geklaut? Alles meine Schuld, daß ich nicht lache. Ohne mich würdest du immer noch in Niederbayern festsitzen, mach dir doch nichts vor.

– Ohne dich wäre der ganze Mist hier nie passiert. Wer hat mir denn diesen Scheißring verkauft? Du hast das doch alles losgetreten. *He, du, du siehst aus, als könntest du ein bißchen Glück gebrauchen,* äfft er sie nach. Sieht das hier etwa nach Glück aus, he? Dafür hab ich auch noch Geld bezahlt, für deine hirnverbrannte Geschichte mit der Mayalegende. Natürlich ist es deine Schuld, versuch gar nicht erst, dich da rauszureden. Ohne diesen blöden Ring würde ich jetzt schön in Hamburg sitzen und ... und ... und ... mich auf dem Balkon sonnen oder ein Buch lesen oder Coltrane hören.

– Geh doch, schreit Juli ihn an, geh doch zurück in dein ödes, beschissenes Leben, wo nie was passiert. Vergiß doch die große Liebe, sieh ein bißchen fern, lies deine Scheißbücher und unterrichte deine doofen Kifferschüler. Geh doch nach Hamburg, geh. Wer hindert dich denn daran? Verpiß dich doch.

Daniel sieht sie an, er kneift die Augen zusammen, bis nur noch schmale Schlitze zu sehen sind.

– Du willst doch nur, daß ich sie verpasse, knurrt er.

Für fast eine ganze Sekunde fühlt Juli sich ihm nah, für fast eine ganze Sekunde hat sie wenigstens die Illusion, daß sie gerade auf eine seltsame Art miteinander intim sind. Er sieht in ihr Herz.

Dann dreht sie ihm den Rücken zu. Sie weiß nicht, was sie sagen soll. Ja, könnte sie flüstern, ja, aber was würde das jetzt noch ändern?

Sie geht bis ans Ufer, setzt sich hin und sieht nach rechts, wo gerade die Sonne über dem Fluß untergeht. Weit und breit ist kein Mensch zu sehen, sie fragt sich, warum sie nicht die Zigaretten aus dem Auto mitgenommen hat, was Daniel jetzt denkt, wie es weitergehen soll, ob irgend etwas anders gelaufen wäre, wenn sie sich ausgezogen hätte, bevor sie durch den Fluß gewatet ist, was diese Melek wohl im Augenblick tut, ob Istanbul tatsächlich so eine schöne Stadt ist, wie sie gehört hat. Sie wünscht sich, Maja könnte hier sein, einfach nur neben ihr sitzen, ohne etwas zu sagen. Sie könnte ihren Kopf an Majas Schulter lehnen und warten, bis es dunkel wird, warten, bis die Nacht kommt und sie verschluckt. Warten, bis der Schlaf kommt, damit sie dem Ganzen für ein paar Augenblicke entkommen kann. Leise summt sie eine Melodie vor sich hin, eine traurige, einsame Melodie. Nach einiger Zeit merkt sie, daß es die Melodie von *Mr. Lobaloba* ist, und sie schmunzelt verhalten, die ist gar nicht traurig, aber so wie sie sich fühlt, kann sie nichts anderes empfinden. *It's not an easy road,* fällt ihr wieder ein, *you've got to stay wide, hold up your head, glancing at both side,* aber auch das kann sie kaum trösten.

Sie hört, wie Daniel näherkommt, sie bewegt den Kopf nicht, er geht links neben ihr in die Hocke, zupft ein paar Grashalme aus und räuspert sich. Juli hat den Kopf immer noch halb nach rechts gewendet und sieht sich den Sonnenuntergang an, aber sie summt nicht mehr. Er räuspert sich noch mal. Juli sieht ihn ganz kurz an, aber wirklich nur ganz kurz. Vielleicht möchte er sich entschuldigen, aber auch das ändert jetzt nichts mehr.

– Doof von mir, sagt er, daß ich dir nicht die Zigaretten aus dem Auto mitgegeben habe.

– Ja, sagt sie.

– Kommst du mit mir rüber?

Er zupft noch ein paar Grashalme aus. Juli denkt nach, zieht die Augenbrauen zusammen, kraust die Nase, beißt sich auf die Unterlippe.

– Ja.

– Wie machen wir es?

Sie zuckt mit den Schultern. Ist mir doch egal, laß dir was einfallen.

– Schwimmen? fragt er vorsichtig.

Juli steht auf, nimmt einen Ast, der da rumliegt und schmeißt ihn so weit sie kann in die Donau.

– Du hast recht, sagt Daniel, die Strömung ist ziemlich stark, und ich bin auch nicht gerade ein guter Schwimmer, wahrscheinlich würden wir jämmerlich ertrinken. Aber was dann?

Juli hat sich wieder hingesetzt und zuckt nochmals mit den Schultern.

– Wartest du hier, während ich mich ein bißchen umsehe, ob es eine Möglichkeit gibt?

– Hmm.

Daniel steht auf und geht.

Juli hat keine Ahnung, wieviel Zeit vergangen ist. Als er zurückkommt, ist es mittlerweile dunkel, sie hat bewegungslos dagesessen und zugesehen, wie die Sonne im Wasser verschwunden ist. Sie hat darauf gewartet, daß sie vielleicht eine innere Stimme hört, die ihr sagt, was sie als nächstes tun soll, aber da war nur das Plätschern des Wassers, das Zirpen der Grillen und Froschquaken aus der Ferne. Irgendwann hat sie eine Mücke um ihr Ohr sirren hören, aber auch darum hat sie sich nicht gekümmert. Sie fühlt sich wie gelähmt.

– Ich habe ein Boot gefunden. Nichts Tolles, ein Ruderboot, damit müßten wir es schaffen. Es ist ja egal, wie weit uns die Strömung wegtreibt. Mühsam ernährt sich das Eichhörnchen.

Juli steht auf und folgt ihm. Es ist zwar dunkel, aber sie glaubt gesehen zu haben, daß er etwas traurig aussieht, vielleicht auch nur geschafft. Auch seine Stimme klingt weicher, einfühlsamer, womöglich ist das nur die Erschöpfung.

Mechanisch steigt sie in das Boot, überläßt es

Daniel, sie vom Ufer abzustoßen und zu rudern. Ihr ist alles egal, sie glaubt, sie wäre auch geschwommen, es ging ihr nicht um die Strömung und die Gefahr, es war ihr einfach nur zu anstrengend.

Daniel setzt sich mit dem Gesicht zu ihr, den Rükken dem gegenüberliegenden Ufer zugewandt, das ist ein ganz schönes Stück entfernt, nimmt die Ruder in die Hand und legt los.

Es könnte so romantisch sein, denkt Juli, eine Sommernacht, ein Ruderboot, ein Mann und eine Frau, der Sternenhimmel, das Klatschen der Ruder auf dem Wasser, das gleichmäßige Quietschen des Holzes in den Metallhalterungen, die Gefahr, von einem patrouillierenden Grenzposten entdeckt zu werden.

Aber spätestens, nachdem sie ein Viertel der Strecke hinter sich haben, hätte es auch unter den günstigsten Umständen nicht romantisch sein können. Die Strömung erfaßt das kleine Boot, Juli bemerkt, daß ihre Füße naß werden, sie werden abgetrieben und scheinen kaum noch vorwärts zu kommen. Daniel merkt das ebenfalls und verdoppelt seine Anstrengungen. Sein Atem geht schneller, Schweiß perlt von seiner Stirn, er beugt sich weit vor und zieht die Ruder kräftig durchs Wasser, doch der Erfolg ist minimal. Wenn es so weitergeht, landen sie eher im Schwarzen Meer als in Bulgarien.

Das Wasser steht Juli jetzt schon bis zu den Knöcheln, sie begreift, daß die Lage ernst ist, weiß aber nicht, was sie tun soll.

– Verdammt noch mal, ruft Daniel, jetzt sitz da nicht so rum, sieh zu, ob du etwas findest, mit dem du das Wasser aus dem Boot schöpfen kannst.

Er keucht mittlerweile, er stößt die Wörter nur einzeln hervor, Juli kann sogar in der Dunkelheit erkennen, wie die Adern auf seiner Stirn hervortreten.

In ihrem Rucksack ist nichts, was ihr jetzt dienlich sein könnte, also tastet sie im Boot herum und findet schließlich auch eine rostige Konservendose, die wahrscheinlich für genau den Zweck da ist, und fängt an, Wasser aus dem Boot zu schöpfen. Genauso gut könnte sie es mit gut Zureden versuchen, die Dose ist viel zu klein.

– Schneller, sagt Daniel, schneller.

Doch Juli schöpft schon so schnell sie kann, sie fragt sich, ob sie tatsächlich drüben ankommen werden. Als sie kurz innehält und aufsieht, merkt sie, daß sie bereits in der Mitte des Flusses sind, sie kommen vorwärts.

– Du schaffst es, ruft sie Daniel zu, von dessen Nase und Kinn jetzt Schweiß ins Boot tropft, komm schon, feuert sie ihn an, es ist nicht mehr weit, und dann macht sie sich daran, weiter Wasser zu schöpfen, die Starre ist von ihr abgefallen.

Das Boot ist schon halb voll Wasser, als sie endlich das Ufer erreichen, Daniel läßt sich auf den Rücken fallen, hustet und versucht, Luft zu kriegen, es hört sich gar nicht gut an, Juli kann sich vorstellen, wie sehr seine Lungen schmerzen, und sie hat diesen Geschmack nach Blut auf der Zunge, wenn sie nur hört, wie er atmet.

Sie setzt sich neben ihn und wartet, bis er sich einigermaßen erholt hat und sich aufsetzt. Seine Hände sind zu Fäusten verkrampft, er bekommt nur langsam die Finger auf und sieht sich seine Handflächen an. Blasen. Wie lange werden wir gebraucht haben, fragt sich Juli, eine halbe Stunde, eine ganze? Sie legt ihre Hand auf Daniels Schulter, aber der steht einfach auf.

– Wir müssen weiter.

Entscheidungen

Juli sitzt da und sieht zu, wie Daniel in die Dunkelheit hineingeht, ohne sich ein einziges Mal umzudrehen. Sie fragt sich, ob er vielleicht den Verstand verloren hat, ob sie ihm hinterher soll, ob sie den Rucksack mitschleppen möchte, der sich voll Wasser gesogen hat. Ihre Sachen werden da drinnen eher vermodern, als daß sie trocknen. Als Daniel nicht mehr viel größer als ihre Hand ist, steht sie endlich auf, schultert den Rucksack und macht sich dran, ihn einzuholen. Der Boden ist uneben, immer wieder stolpert sie, der Rucksack wird mit jedem Schritt schwerer, sie hat Hunger, nicht so einen Heißhunger, daß sie an all die Sachen denkt, die sie gerne essen würde, sondern einen Hunger, der ihr ein unangenehmes, flaues Gefühl im Magen verursacht.

– Daniel, ruft sie, als sie ihn fast eingeholt hat, Daniel, warte einen Moment.

Er bleibt stehen und dreht sich um, es ist zu dunkel, um seinen Gesichtsausdruck zu erkennen, Juli geht einen Schritt langsamer, sie ist außer Puste.

– Trödel doch bitte nicht so, sagt Daniel.

– Du kannst ja den Rucksack tragen, entgegnet sie.

Nun stehen sie sich gegenüber, und Juli fragt sich, ob das vielleicht tatsächlich Wahnsinn ist, was gerade in seinen Augen leuchtet.

– Gib schon her, sagt er, wenn wir dann schneller vorankommen.

Juli gibt ihm tatsächlich den Rucksack, aber sie weiß nicht mehr, warum sie ihm überhaupt gefolgt ist.

– Weißt du überhaupt, wo wir hingehen? fragt sie.

– Wir müssen die Straße finden, am besten heute Nacht noch, dann nimmt uns vielleicht morgen früh jemand mit.

– Und woher weißt du, daß du nicht im Kreis gehst?

Daniel deutet mit seinem beringten Finger nach oben.

– Sterne.

Juli legt den Kopf in den Nacken, die Nacht ist wolkenlos, das ist der schönste Sternenhimmel, den sie seit langem gesehen hat, die Gestirne funkeln und leuchten, es sieht beeindruckend aus, aber sie will kaum glauben, daß man sich daran orientieren kann.

– Und welchem folgen wir? fragt sie.

– Keinem. Wir folgen keinem Stern, wir gehen einfach nur nach Süden, er dreht sich um und geht weiter, Juli folgt ihm mit etwas Abstand, ohne den Rucksack fällt es ihr viel leichter, Schritt zu halten.

– Wußtest du, warum es orientieren heißt? fragt er plötzlich und fährt dann ohne eine Antwort abzuwarten fort: Früher waren die Karten nicht genordet wie heute, sondern geostet, Osten war oben. Dann hatte man als Eselbrücke nicht: Nie ohne Seife waschen, sondern: Otto stellt Weibern nach. Man hatte seinen Bezugspunkt also im Osten, im Orient, deshalb heißt es auch heute noch Orientierung. Und die verliere ich nie.

Das hört sich ganz einleuchtend an, aber Daniels Stimme klingt so seltsam, und Juli ist sich nicht sicher, ob er sich das nicht gerade ausgedacht hat. Er ist total überdreht, denkt sie, er hat sich heute schon zweimal Gefahren gestellt, er ist nicht mehr ganz klar im Kopf. Vielleicht bricht er gleich zusammen.

Vor ihnen taucht ein Feld auf, Daniel läßt sich nicht beirren und geht stur weiter geradeaus. Juli folgt ihm weiter, und mit jeden Schritt wird sie wütender auf Daniel. Warum geht sie überhaupt mit? Sie hat Hunger, sie ist müde, sie hat es nicht eilig, es ist dunkel, immer wieder stolpert sie über etwas, ihre Füße tun ihr weh, und der Mann, den sie haben will, ist wie verrückt hinter einer anderen her.

Daniel bleibt abrupt stehen, es müßte weit nach Mitternacht sein, Juli war kurz davor, zu sagen: Ich gehe keinen Schritt mehr weiter. Doch sie will Daniel gegenüber keine Schwäche zeigen, wenigstens nicht in diesem Augenblick, sie will nicht hysterisch werden wie eine frustrierte, erschöpfte Hausfrau auf einer Bergwanderung.

– Ich kann nicht mehr, sagt Daniel, ich muß ein wenig schlafen.

Sagt es, läßt den Rucksack fallen, legt sich auf den Boden, rollt sich zusammen, legt einen Arm unter den Kopf und schließt die Augen.

Juli steht etwas unentschlossen da, legt sich dann neben ihn auf den Rücken, die Hände hinter dem Kopf verschränkt, und sieht in den Himmel. Schon bald hört sie, wie Daniel schläft. Sie dreht sich auf die Seite, zieht die Beine an und versucht, auch einzuschlafen.

Warum laufe ich ihm hinterher? fragt sie sich wieder. Weil ich glaube, daß er der richtige ist. Aber er ist nicht an mir interessiert. Das ist egal, man muß tun, woran man glaubt, gleichgültig, ob es von Erfolg gekrönt sein wird oder nicht. Das ist das einzige, was man tun kann. Und wo bleibt dabei mein Stolz? Was soll schon dein Stolz, der ist hier fehl am Platz. Aber ich mache mich lächerlich, ich trotte ihm hinterher wie ein Hündchen, ich benehme mich, als sei ich ihm hörig. Du bist ihm hörig. Nein, ich bin ihm vielleicht verfallen, aber ich bin ihm nicht hörig, das ist ein Unterschied.

Verdammte Scheiße, er kann mich mal, ich bin nicht auf ihn angewiesen, ich komme auch alleine zurecht. Jawohl, wahrscheinlich komme ich alleine sogar besser zurecht als mit ihm und seinen hirnrissigen Ideen.

Juli wünscht sich, sie könnte jetzt einschlafen und in

ihrem Bett in Hamburg aufwachen, Maja würde morgen Brötchen kaufen, sie würden Sekt statt Kaffee trinken und versuchen, es sich gut gehen zu lassen. Sie würden mittags in den Park gehen und im Schatten einer Kastanie ein wenig dösen, sie würden den Tag vergammeln, abends eine Grillparty, wo sich Holzkohlen- und Grasgeruch miteinander vermischen, Würstchen, Nudelsalate, Hähnchenflügel, Fladenbrot, Knoblauchbutter, Maiskolben, und irgendwo tönt Elvis aus einem Ghettoblaster. Und am Ende leistet sie sich als Inbegriff von Luxus ein Taxi, um wieder nach Hause zu kommen. Ja, das wäre schön, das wäre eine Erlösung.

Ihre Glieder schmerzen, sie ist erschöpft, aber die Gedanken rasen in ihrem Kopf herum, sie merkt, daß sie so unmöglich einschlafen kann. Sie setzt sich auf und fragt sich, ob sie das Spiel verloren hat. Ob es nicht doch besser ist, zurück nach Hamburg zu fahren, anstatt sich an Hirngespinste zu klammern.

Sie nimmt ihren Rucksack, sieht nach oben, sucht sich einen hellen Stern, an dem sie sich orientieren möchte, und geht los, weiter Richtung Süden. Sie ist kaum vierhundert Schritte gegangen, da steht sie auch schon am Straßenrand. Ein Lächeln gleitet über ihr Gesicht. Man darf eben nicht aufgeben, denkt sie, das ist kein Zufall, Zufälle gibt es nicht, das soll mir sagen, daß ich vielleicht kurz vor dem Ziel bin, daß es töricht wäre, jetzt umzukehren.

Sie setzt sich auf ihren Rucksack, die Landstraße ist wie ausgestorben, dunkler, nutzloser Asphalt, so weit man blicken kann, kein Scheinwerfer, kein Licht, außer dem der Sterne. Sie stützt ihr Kinn auf die Hände und fragt sich, ob sie jetzt wirklich nach Istanbul will, oder ob Hamburg nicht doch die bessere Lösung ist. Istanbul, Hamburg, Istanbul, Hamburg, wie man Blütenblätter abzählt, Istanbul, Hamburg, Orient und Okzident,

Liebe und Verdammnis, Kampf und Niederlage, Hoffnung und Stillstand. Wenn sie doch wenigstens eine Münze hätte, die sie werfen könnte, etwas, das ihr den Weg zeigt.

Auch nach längerem Suchen findet sie keine Blume am Wegesrand, die ihr helfen könnte, da ist nur Unkraut. Okay, sagt sie sich, der erste, der anhält, soll entscheiden, wo es langgeht.

Gewalt

Ein Hupen weckt sie, sie schreckt auf, sie muß doch noch weggenickt sein, ein unrasierter dikker Mann mit einem Schnäuzer und kleinen dunklen Augen hat das Fenster runtergekurbelt und fragt:

– Romania?

Ohne nachzudenken schüttelt Juli den Kopf.

Der Mann legt den Rückwärtsgang ein, wendet den BMW auf der Straße, hält wieder neben Juli und fragt mit einem herablassenden Grinsen:

– Gabrovo?

Langsam steht sie auf und nimmt ihren Rucksack, sie ist noch tranig vom Schlaf, und ohne sich weiter Gedanken zu machen, steigt sie ein. Der Mann lacht und zwinkert ihr zu, sein großer Bauch berührt fast das Lenkrad. Er legt den Gang ein und fährt los, schaltet in den Zweiten und beschleunigt nicht weiter, sie fahren mit knapp vierzig Sachen durch die Nacht, und der Dicke schaut immer wieder zu Juli rüber. Schließlich schaltet er hoch in den Dritten und läßt seine Hand dann vom Knüppel auf Julis Knie gleiten.

Juli ist schon viel getrampt in ihrem Leben, sie hat nie Angst gehabt, daß ihr etwas passieren könnte. Auch nicht, wenn sie nachts alleine unterwegs war, wenn die Straßenlaternen kaputt waren, oder wenn sie die Abkürzung durch den Park genommen hat. Sie kennt natürlich die Horrorgeschichten, aber sie ist nicht leicht einzuschüchtern. Es ist nicht so, daß sie noch keine schlechten Erfahrungen gemacht hätte. Als einmal ein Fahrer beim Trampen aufdringlich wurde und sie gefragt hat, ob sie denn keine Angst habe, auf einem Feldweg vergewaltigt zu werden, hat sie ganz ruhig gesagt: Ich würde den Typen töten, sobald er mich nur anfaßt. Und sie hatte es in dem Moment auch so gemeint. Sie würde kein leichtes Opfer sein für irgend so einen notgeilen Vergewaltiger.

Sie erinnerte sich gerne an ein Interview mit Diamanda Galás, in dem sie erzählt, wie dieser Typ ihr aufgelauert und gesagt hatte: Das ist eine Vergewaltigung. Sie hatte geantwortet: Hast du eine Waffe, ein Messer, oder so? Und er: Nein. Sie: Dann vergiß es einfach.

Juli glaubt daran, daß sie auch so cool und unerschrocken sein kann, daß sie die meisten Männer abschrecken kann, doch nun sitzt sie hier in diesem Auto, in einem fremden Land, sie ist müde und erschöpft, sie hat gerade den Mann in einem Feld zurückgelassen, den sie für den richtigen hält, sie hat auf abenteuerliche Weise die Donau überquert, sie ist in der Mitte von Nirgendwo, sie könnte wahrscheinlich tagelang schreien, ohne daß sie jemand hört und: Sie hat Angst. Sie hat Angst vor diesem fiesen Kerl, und sie weiß, daß sie schnell reagieren muß, jede Zehntelsekunde zählt. Wenn sie nicht sofort handelt, ist es schon zu spät. Sie nimmt seine Hand von ihrem Knie, dreht sich zu ihm und sagt:

– Du kleine fette Ratte, wenn du das noch mal machst, reiß ich dir die Eier ab.

Ihre Stimme ist ruhig und fest und aggressiv, aber in ihrem Inneren hat sie Angst, und sie hofft, daß er es nicht merkt. Mal wieder versucht sie, sich selbst zu glauben. Ich werde ihm die Eier abreißen, wenn er mich anfaßt, ich werde ihn kastrieren, wenn er mir zu nahe kommt, ich werde ihm den Schwanz abschneiden, ich werde ihm die Augen auskratzen.

Der Mann lacht, sein Bauch wackelt, er drückt den Zigarettenanzünder rein, zieht ein Softpack Zigaretten aus der Hemdtasche und hält es Juli hin. Juli schüttelt den Kopf.

– Ich scheiß auf deine Kippen, du Arschloch.

Der Mann zieht mit den Lippen eine aus der Pakkung, wartet, bis der Zigarettenanzünder klickt, und steckt sie sich dann an. Er geht vom Gas, kuppelt aus und läßt den Wagen langsam ausrollen, er berührt die Bremse nicht mal, es dauert Ewigkeiten, er grinst Juli an, die immer noch versucht, sich ihre Angst nicht anmerken zu lassen. Er ist dick und unbeweglich, denkt sie, er wird mich nie kriegen, wenn ich die Tür aufreiße und loslaufe. Am besten springe ich raus, sobald wir langsam genug sind. Sie wirft einen Blick auf die Tür, um zu sehen, wo der Griff ist. Er wird mich niemals kriegen, davon ist sie überzeugt, sie kann das Tempo nicht richtig einschätzen, doch sie hofft, daß es gutgehen wird. Blitzschnell schießt ihre Hand zum Griff, zieht ihn raus, ihr Ellenbogen drückt gegen die Tür, sie lehnt sich mit ihrem Gewicht dagegen. Doch es passiert nichts. Gar nichts. Die Tür bewegt sich keinen Millimeter. Juli rüttelt am Griff, der Dicke lacht dreckig und sagt etwas.

– Vergiß es, Fettwanst, schnauzt Juli ihn an, niemals, niemals wirst du mich anfassen.

Der Wagen steht mittlerweile am Straßenrand, Juli dreht sich zu dem Mann, sieht ihm fest in die Augen und wartet ab, was er tun wird. Es ist eng im Wagen, er ist dick, sie hofft, daß er aussteigt, sonst ist sie in diesem Auto gefangen. Der Mann bläst ihr den Rauch ins

Gesicht und lächelt sie an, er scheint sich seiner Sache sicher. Dann drückt er die Zigarette im Ascher aus, lehnt sich zurück, greift unter seine Wampe, und Juli hört das Geräusch seiner Gürtelschnalle, dann, wie der Reißverschluß runtergezogen wird. Sie fragt sich, ob sie auf die Rückbank flüchten kann und von dort nach draußen.

In diesem Moment fährt ein anderes Auto an ihnen vorbei, beide sind überrascht, als sie für zwei Sekunden vom Licht der Scheinwerfer erfaßt werden, doch dann sehen sie vor sich die Rücklichter kleiner werden. Der Mann lacht wieder, dreht sich zu Juli und nähert seine rechte Hand langsam und grinsend ihrem Busen. Juli sieht ihm in die Augen. Als seine Fingerspitzen schon den Stoff berühren, klickt der Zigarettenanzünder, den sie, als das Auto vorbeifuhr, reingedrückt hat. Eine schnelle Bewegung, viel zu schnell für den Dicken, Anzünder raus, in sein Auge rein, so fest sie kann. Juli hört das Zischen, sie weiß nicht, ob er das Lid schnell genug geschlossen hat, sie hofft nicht.

Kaum eine halbe Sekunde später ist sie auf der Rückbank, Tür auf und raus. Sie rennt, so schnell sie kann, ins Feld hinein, doch nach etwa fünfzig Metern bleibt sie einfach stehen, sie will nicht glauben, daß der unförmige Kerl sie einholen kann. Sie dreht sich um und blickt zurück. Der Mann ist erstaunlich behende für seine Figur. Mit der einen Hand deckt er sein linkes Auge ab, in der anderen hält er etwas, ein Messer, wenn Juli es auf die Entfernung richtig erkennen kann.

Er brüllt, während er durch die Maisstauden auf sie zustürmt.

– Fick dich, brüllt Juli, um sich Mut zu machen, dann dreht sie sich um und rennt weiter in das Feld hinein.

Als sie das nächste Mal stehenbleibt, hat sich die Entfernung zwischen ihr und dem Mann beträchtlich vergrößert. Sie winkt ihm zu, woraufhin er versucht, noch ein wenig schneller zu rennen. Sie sind jetzt ein ganz schönes Stück von der Straße entfernt. Juli hat eine Idee, die ihr in dem Moment noch nicht mal besonders verwegen vorkommt. Sie rennt nach links weiter, anstatt tiefer in das Feld hineinzustolpern. Sie wird immer wieder langsamer, läßt den Dicken aufholen, der immer noch rasend ist vor Wut und keine Ermüdungserscheinungen zeigt. Sobald er auf zwanzig, dreißig Meter rankommt, rennt Juli wieder schneller, vergrößert den Abstand. Schließlich läuft sie zurück in Richtung der Straße, schon kann sie das Auto erkennen, das Licht ist noch an, die Tür steht offen.

Als sie sich in den Wagen setzt, schreit der Kerl, als würden ihm gerade seine Eingeweide bei lebendigem Leib herausgerissen. Der Schlüssel steckt noch, Juli läßt den Motor an, dann tritt sie mehrmals im Leerlauf das Gaspedal durch, als würde sie auf den Start eines Rennens warten. Sie sieht zu, wie der Mann näher und näher kommt. Als sie schließlich mit durchdrehenden Reifen losfährt, kann sie schon das Weiße in seinem Auge sehen.

Sonnenaufgang

Jetzt habe ich wirklich einem Bösen das Auto geklaut, ist der erste klare Gedanke, der ihr durch den Kopf geht. Dann merkt sie, wie ihre Hände zittern und ihr Herz rast. Sie versucht, tief Luft zu holen, das ist nur die Aufregung, redet sie sich ein, das ist nur, weil die Anspannung jetzt von mir abfällt.

Sie öffnet das Handschuhfach, wühlt darin herum, und tatsächlich: Zwischen ein paar Münzen, Taschentüchern und einer Kassette sind da Zigaretten. Juli reißt das Zellophan von der Packung, reißt eine Ecke auf, holt sich eine raus, klemmt sie sich zwischen die Lippen und merkt, daß sie kein Feuer hat. Vorsichtig beugt sie sich runter und tastet mit der rechten Hand zwischen ihren Beinen auf der Fußmatte herum, auf der Suche nach dem Zigarettenanzünder. Nichts. Sie beugt sich weiter rüber auf die Beifahrerseite, doch auch da wird sie nicht fündig. Schließlich stoppt sie am Straßenrand, knipst die Innenbeleuchtung an und sucht nach dem Anzünder oder einer anderen Möglichkeit, Feuer zu bekommen. Nada. Eine ganze Packung Zigaretten und kein Feuer. Sie nuckelt am Filter, wartet ein paar Sekunden, ob ihr eine gute Idee zugeflogen kommt. Dann drückt sie seufzend die Kassette rein und setzt ihren Weg fort.

Mr. Lobaloba klingt es aus den Boxen, und Juli denkt ganz erstaunt, daß auch Arschlöcher gute Musik hören. Mittlerweile wird der Himmel langsam grau, die Straße ist nicht mehr ausgestorben, ab und zu kommt ihr ein Auto entgegen.

Sie schmunzelt bei dem Gedanken, wie Daniel den Recorder gekauft hat, sozusagen als Überraschung für sie. Er war mit ihr auf dem Jahrmarkt, er hat so oft *wir* gesagt, sie sind auf eine seltsame Art sehr vertraut miteinander geworden in der kurzen Zeit, sie haben gemeinsam gefährliche Situationen erlebt, sie sind über die Donau gerudert, sie haben gekifft, sie haben in einem Bett geschlafen, er hat ihr so oft gesagt, daß er sie liebt. Sie fragt sich, ob sie ihn jemals wiedersehen wird.

Aber klar, geht ihr dann auf, klar werde ich ihn sehen. Ich fahre ja schließlich gerade nach Istanbul. Und was, wenn er es nicht schafft? Werde ich dann, wenn ich irgendwann zurück in Hamburg bin, im Telefonbuch unter Daniel Bannier nachsehen und ihn anrufen? Wenn er es nicht schafft, dann wird er auch diese Frau nicht getroffen haben. Kann ich nicht einfach alles vergessen, kann ich nicht diese ganze verdammte Geschichte als eine Erfahrung abhaken?

Irgend etwas will, daß ich nach Istanbul fahre, wieso hätte ich sonst ohne nachzudenken den Kopf geschüttelt, als der Mann mich gefragt hat, ob ich nach Rumänien möchte. Ja, ich werde nach Istanbul fahren, ich werde um zwölf unter dieser Brücke am Bosporus sein. Nur um zu sehen, ob Daniel es auch schafft. Was soll ich auch sonst tun? Ich bin schon zu weit gegangen, um jetzt noch umzukehren. Ich will nur sehen, ob er es hinkriegt, ob ich mich in ihm getäuscht habe, oder ob er tatsächlich das Zeug dazu hat, mein kleiner Physiklehrer.

Vor ihr geht jetzt die Sonne auf, ein neuer Tag bricht an, Juli merkt, wie erschöpft sie ist, doch sie möchte diesen Sonnenaufgang nicht verpassen, sie fährt gemächlich die Straße lang und sieht zu, wie sich die Farben ändern. Als die Sonne all ihre Rottöne ausgeschüttet hat und hell und gelb am Firmament steht, fährt sie rechts ran, es ist Zeit für ein Nickerchen.

Finsternis

Im ersten Moment glaubt sie, daß es eine optische Täuschung ist, verursacht durch Schlafentzug und zuviel Adrenalin. Ein riesiger Schatten, fast so etwas wie eine dunkle Wand, kommt auf sie zugerast, sie hält unwillkürlich die Luft an und fragt sich, ob sie womöglich den Verstand verliert, dann hat die Dunkelheit sie auch schon verschluckt. Gerade eben ist noch die Sonne aufgegangen, aber wo ist sie jetzt? Juli steigt aus, ihre Knie sind weich, es ist stockduster, sie fragt sich, ob sie vielleicht schon eingeschlafen ist und das jetzt nur träumt. Sie sieht hoch, dahin, wo die

Sonne sein müßte, die Sonne kann doch nicht einfach verschwinden.

Ist sie aber, sie ist hinter dem Mond verschwunden, eine ganz normale Sonnenfinsternis, das hat Juli noch nie in ihrem Leben gesehen. Das ist ein schlechtes Omen, sie ist auf dem Weg nach Istanbul, und Finsternis senkt sich über die Erde, das Licht und das Glück verschwinden einfach.

– Ich habe meine Sonne ja immer bei mir, murmelt sie trotzig, aber irgendwie glaubt sie jetzt nicht mehr, daß alles gut ausgehen könnte. Nein, wahrscheinlich noch nicht mal glimpflich. Es wird in einer Katastrophe enden, das ist ihr jetzt klar, so scheint es irgendwo geschrieben zu stehen. Sie geht dem Ende entgegen.

Die dunkle Wand verschwindet ebenso schnell, wie sie aufgetaucht ist, Juli sieht ihr noch hinterher, dann setzt sie sich wieder ins Auto, sie hat Hunger und Durst, aber innerhalb von zwei Minuten verabschieden sich ihre Sinne von der Außenwelt, und sie fällt in einen schweren Schlaf.

Böser Traum

Isa fährt im Schrittempo eine Straße lang, die Sonne scheint, links und rechts stehen Frauen am Straßenrand, in Miniröcken, in Bikinis, in durchsichtigen Tops. Isa hat das Fenster runtergekurbelt, und die Mädchen preisen ihm lauthals ihre Vorzüge und die günstigen Preise an. Er zieht an seiner Zigarette und grinst nur überlegen, er wird es nicht tun, schließlich hat er eine Freundin und ist ihr treu.

Plötzlich steht eine blasse blonde Frau mit Sommersprossen mitten auf der Straße. Isa hält an. Die Frau geht zu dem offenen Fenster, beugt sich rein und fragt:

– Du erinnerst dich doch an mich?

Isa schüttelt den Kopf.

– Ich bin Engländerin, sagt sie.

Isa flitscht seine Kippe raus und deutet mit dem Kopf auf den Beifahrersitz, die Frau geht um das Auto herum und steigt ein. Isa braust los.

– Blasen fünfzig, Ficken hundert, aber mit dir mache ich es umsonst, sagt die Blonde.

Isa lacht und sagt:

– Wir werden uns ein schönes Plätzchen suchen.

Auf einmal sind sie in einem dunklen Wald, Isa beugt sich über den Sitz und küßt die Frau auf den Mund.

Melek macht die Augen auf, sie ist ein, zwei Sekunden völlig verzweifelt, dann erst stellt sie mit Erleichterung fest, daß es nur ein Traum war. Nur ein schlechter Traum, es ist in Wirklichkeit nie passiert.

Sie war Engländerin, fällt ihr dann ein, es ist wohl schon mal passiert. Das ist jetzt fast drei Jahre her, und sie hat schon sehr lange nicht mehr daran gedacht. Im Sommer vor drei Jahren war Isa mit ein paar Freunden für eine Woche in Bodrum gewesen, er kam ganz aufgelöst zurück und hat ihr gebeichtet, daß er in einer Disco mit einer Engländerin geknutscht hatte.

– Ich war betrunken, und sie hat sich mir so an den Hals geschmissen, daß ich mich fast gar nicht mehr wehren konnte. Es ist sonst nichts passiert, ehrlich, ich bin dann alleine ins Hotel. Es ist völlig unwichtig, ich hätte es dir gar nicht erst erzählt, aber ich trau den Jungs nicht, jeder erzählt es nur seiner Freundin, und die erfindet noch was dazu, und drei Tage später weißt du es dann auch, ich wollte, daß du es von mir erfährst, hatte er gesagt.

Melek hatte ihm geglaubt, daß da nicht mehr gewesen war, aber es hatte ihr weh getan. Er hatte ihr bewiesen, was sie schon immer geahnt hatte. Er war schwach, wenn eine Frau es darauf abgesehen hatte, ihm den Kopf zu verdrehen, dann standen ihre Chancen nicht schlecht.

Sie vertraut ihm, er wird nicht mit einer im Bett landen, das glaubt sie nicht, aber da bleibt doch dieser leise Zweifel. Warum hat sie ausgerechnet diese Nacht so etwas geträumt? Die vorletzte Nacht, die sie von ihm getrennt ist. Nur noch einmal schlafen, dann wird sie ihn wieder in ihre Arme schließen, es ist fast geschafft.

Melek steht auf und geht ins Wohnzimmer, dort kramt sie nach dem Buch mit den Traumdeutungen, sie kann diese Bilder nicht einfach so abschütteln. Sie schlägt nach unter Betrügen: Wer in seinem Traum betrogen wird, heißt es da, wird in einem sehr traurigen Moment eine freudige Nachricht erhalten und alle Sorgen hinter sich lassen.

Na, bitte, denkt Melek, es heißt nur, daß die Sorgen bald ein Ende haben.

Trockenes Erwachen

Völlig verspannt und schwitzend wacht Juli auf, es ist heiß im Auto, eine dikke, schwarze Fliege will mit dem Kopf durch die Windschutzscheibe, sie summt und nimmt immer wieder neuen Anlauf, das Geräusch ist nervtötend. Juli flucht leise und scheucht die Fliege aus dem Fenster. Ihre Zunge klebt an ihrem Gaumen, sie hat kaum Spucke im Mund, der Durst ist unerträglich, ihr Top klebt an ihrem Rücken, sie zieht es aus, fischt sich ein T-Shirt aus ihrem Rucksack, es ist noch feucht, doch sie zieht es über. Sie hat keine Ahnung, wie lange sie geschlafen hat, es scheint schon nach Mittag zu sein, sie fühlt sich kein bißchen erholt, ihre Kiefer fühlen sich an, als hätte sie die ganze Zeit die Zähne aufeinandergebissen.

Als sie wieder auf der Straße ist, sieht sie den Asphalt am Horizont bläulich schimmern, als würde die Straße dort in einen Fluß münden. Juli überlegt, wie lange sie jetzt schon nichts getrunken hat, die letzte Flüssigkeit, die sie zu sich genommen hat, war diese Dose Bier, und das ist jetzt Ewigkeiten her. Cola, Apfelschorle, Ananassaft, Orangensaft, Eistee, Mineralwasser, Milch, Karottensaft mit Honig, sie stellt sich vor, was sie alles trinken wird, wenn sie endlich die Gelegenheit hat, ihren Durst zu löschen. Vor ihr taucht ein Rastplatz auf, doch es gibt keine Zapfsäulen, und es scheint auch keine Bude zu geben, wo man etwas kaufen könnte. Juli will es gar nicht glauben, sie ist hier in Bulgarien und nicht mitten in der Wüste, das kann doch nicht sein, daß man in Bulgarien auf der Straße verdurstet.

Auf dem Rastplatz gibt es einen Hahn, unter den jemand gerade einen Kanister hält, um ihn mit erfrischendem Wasser zu füllen. Na, bitte, wer sagt es denn. Sie hält an, springt aus dem Wagen und stellt sich hinter den Mann, der gerade diesen riesigen Kanister füllt. Er ist noch halbleer, und das Wasser plätschert nur verhalten aus dem Hahn, das kann noch Jahre dauern, bis der Kanister voll ist.

– Äh, könnte ich bitte einen Schluck nehmen? fragt sie den Mann, sie hält es nicht mehr aus, sie kann nicht dieses fließende Wasser vor sich sehen und sich dann auch noch gedulden, bis sie an der Reihe ist.

Der Mann blickt sie verständnislos an.

– May I, fängt sie an, doch dann lächelt sie einfach, schiebt ganz behutsam den Kanister beiseite, geht in die Hocke, beugt sich vor, fängt mit hohlen Händen den schmalen Strahl auf, setzt ihre Lippen an das Elixier des Lebens und schlürft gierig. Es ist zu wenig Wasser, sie muß innehalten und warten, bis sich ihre

Hände wieder gefüllt haben, das macht sie fast wahnsinnig, es kann ihr nicht schnell genug gehen.

Der Mann faßt sie an der Schulter.

– Ja sofort, keift sie.

Doch er dreht sie sanft herum und schüttet ihr dann das Wasser aus dem Kanister in die Hände, Juli trinkt hastig, bis sie keine Luft mehr kriegt, dann fährt sie sich mit den nassen Händen übers Gesicht und den Nacken, leckt sich über die Lippen und schmeckt das Salz.

– Dankeschön, sagt sie, köszönöm, teşekkür ederim, prego, merci, gracias, Sie haben mir das Leben gerettet.

Als sie sich erhebt, droht ihr Kreislauf zusammenzubrechen, ihr ist schwindlig, für einen Augenblick wird ihr schwarz vor Augen und ihre Knie werden weich, sie streckt die Hand aus und hält sich an dem Mann fest, um nicht umzukippen. Der Mann sagt etwas, das sich für Juli wie eine Frage anhört. Sie läßt ihre Hand an seinem Oberarm wieder sinken und sagt:

– Danke, es geht schon wieder.

Sie sieht ihn an und lächelt, um zu ihm zeigen, daß alles in Ordnung ist. Der Mann geht ein paar Schritte zu seinem Auto und bedeutet Juli, zu ihm zu kommen. Er drückt ihr einen aufgeweichten Riegel Schokolade in die Hand.

– Meine Mutter hat gesagt, ich darf keine Schokolade von fremden Männern annehmen, sagt sie und reißt eine Ecke der Verpackung auf.

– Tschokolatta, sagt der Mann und strahlt übers ganze Gesicht.

Juli nimmt die halbfeste Masse in den Mund, es ist ihr zu süß, obwohl das Wasser in ihrem Magen hin und herzuschwappen scheint, ist ihre Mundhöhle immer noch wie ausgetrocknet.

– Schokolade, sagt sie, das macht glücklich und gibt Energie.

– Tschokolatta, wiederholt der Mann lächelnd.
– Glück und Energie, murmelt Juli.

Straßensperre

Die Tankanzeige steht schon auf Reserve, mit den paar Münzen aus dem Handschuhfach kommt sie nicht weit, und auch sonst hat sie in dem Wagen nichts gefunden, das sie hätte zu Geld machen könne. Juli hat sich entschieden, bei der nächsten Gelegenheit die Beifahrertür zu verkaufen. Sie hofft, daß das in Bulgarien genauso problemlos geht wie in Rumänien, mit einem BMW genau so einfach wie mit einem Dacia. Sie hat einfach keine bessere Idee.

Sie hat drei Riegel Schokolade im Magen, nicht gerade viel, aber sie fühlt sich ganz gut, ihr Durst ist gelöscht, der Mann hat ihr sogar ein Einwegfeuerzeug geschenkt, sie zieht an ihrer Kippe, hält ihre linke Hand aus dem Fenster und freut sich, daß es so wohlmeinende Menschen auf der Welt gibt. Man muß nur drauf vertrauen, daß es gutgeht, denkt sie, es ist immer irgendwo jemand, der einem hilft, ohne sich einen Vorteil zu erhoffen.

Zuerst glaubt sie, daß es wieder eine Luftspiegelung ist, was sie am Horizont sieht. Ein paar Männer, die in einer riesigen Pfütze stehen und Autos rauswinken. Die Pfütze ist eine Luftspiegelung, aber die Polizisten sind echt. Bin ich durch eine Radarfalle gesaust, fragt sich Juli, kann sich aber nicht erinnern, irgendwo zu schnell gefahren zu sein. Was soll ich machen, wenn sie mich rauswinken? Ich habe keine Wagenpapiere, ich hab noch nicht mal meinen Führerschein dabei, ich sitze in einem Auto mit bulgarischem Kennzeichen, das kann nicht gutgehen.

Aber das sind einfach nur ein paar Gedanken, die ihr durch den Kopf gehen, sie ist nicht wirklich besorgt, bis sich die Idee in ihrem Hirn einnistet, die Polizei sei hinter ihr her. Der Mann hat sie angezeigt, wegen Diebstahl. Er hat gesagt, daß er diese arme Tramperin aufgelesen hat, weil sie ihm leid tat, diese germanische Hexe, die ihm zuerst sein Augenlicht und dann den Wagen geraubt hat, diese undankbare Schlampe. Ja, der Mann hat sie angezeigt, er ist irgendein großes Tier, warum sonst fährt er einen neuen BMW in diesem Land? Dieses Mal hat sie sich mit dem falschen angelegt, die Bullen werden das Auto sofort erkennen, sie wird in einem Knast landen, nachdem sie irgendwelche Treppen runtergestürzt und gegen Schranktüren gelaufen ist, ja, diese Sperre da vorne ist nur für sie.

Juli fährt rechts ran, legt beide Hände auf das Lenkrad und versucht sich zu beruhigen. Daß sie nur Gespenster sieht. Das ist krankhaft, was du dir hier gerade ausmalst, du bist paranoid, die sperren doch nicht die ganze Straße, nur um eine kleine Autodiebin zu schnappen. Doch wie sagen sie: Daß du paranoid bist, bedeutet noch lange nicht, daß sie *nicht* hinter dir her sind.

Eine Minute sitzt sie da und kann sich nicht entscheiden, weiterzufahren. Dann fällt ihr ein, daß die Bullen bestimmt Ferngläser haben und sie genauestens beobachten, weil sie einfach so am Straßenrand gehalten hat. Sie ist machtlos dagegen, ist so ein Gedanke erst mal da, kriegt man ihn nicht mehr aus dem Kopf. Sie steigt aus, nimmt ihren Rucksack und rennt ins Feld hinein.

Grün

Zwei Stunden später hat sie einen riesigen Bogen um die Straßensperre gemacht, sie steht am Rand der Straße, den Daumen schon wieder draußen, es ist heiß, alles klebt ihr am Leib, doch das schlimmste ist, daß sie schon wieder Brand hat wie eine Bergziege. Ich bin schon wieder bis zur Schmerzgrenze dehydriert, denkt sie und schmunzelt.

Lange muß sie nicht warten, dann hält ein heruntergekommener oranger VW-Bus mit Dortmunder Kennzeichen, die hintere Tür wird aufgeschoben, und Juli steigt ein. Drinnen sitzen vier Jungs, die gerade mal achtzehn sein mögen, zwei vorne, zwei hinten, es riecht nach Gras, und aus den Boxen dröhnt deutscher HipHop, *bei der Ernährung zwischen Tanke und Rastplatz habe ich mehr Karies gesehen als jeder Knastarzt.*

– Hallo, sagt sie, ich bin Juli.

Der am Steuer heißt Tim, der neben ihm Alex, der Schlaksige, der nur eine Badehose anhat, Christian, und der Blonde, der verschlafen aussieht, Lutz.

– Habt ihr vielleicht einen Schluck zu trinken für mich? fragt Juli.

Christian reicht ihr eine große Plastikflasche ohne Etikett mit einer grünlichen Flüssigkeit.

– Was ist das?

– Kalter Pfefferminztee, ist sehr erfrischend, sagt Alex und lacht.

Juli weiß nicht, ob die Jungs sie verarschen wollen, sie probiert einen kleinen Schluck, es schmeckt tatsächlich nach Pfefferminztee, sie setzt noch mal an und trinkt fast die halbe Flasche aus.

– Entschuldigt, sagt sie, ich war am Verdursten. Haben die Bullen euch angehalten?

– Ja, sagt Tim, wir hatten etwas Schiß wegen dem Gras, aber sie haben nur einen kurzen Blick reingeworfen, und wir durften weiterfahren. Wir haben Schwein gehabt.

– Wißt ihr, was sie gesucht haben? fragt Juli.

Er schüttelt den Kopf, und Juli sagt sich, daß es eine gute Entscheidung war, den Wagen stehenzulassen, wenn die Bullen sich schon nicht die Mühe machen, bei den Jungs hier nach Drogen zu suchen, dann waren sie bestimmt hinter etwas Bestimmtem her, das gerade wichtiger ist. Ja, das war kein Verfolgungswahn, was sie eben hatte, es war Intuition.

Es stellt sich raus, daß die vier tatsächlich gerade mal achtzehn sind, sie kennen sich schon lange, haben alle den Führerschein neu und sind jetzt darauf versessen, mit dem Bus durch die Gegend zu fahren.

– Quer durch Europa, sagt Christian, das ist so geil, wir waren schon in Frankreich, Spanien, der Tschechei, Ungarn, Österreich, Schweiz, Holland, Belgien, Rumänien, und jetzt wollen wir in die Türkei, nach Istanbul.

– Wie lange seid ihr denn schon unterwegs? fragt Juli.

– Zwölf Tage, murmelt Lutz.

– Bitte, was? Zwölf Tage? Ihr habt euch zwölf Tage Zeit genommen für all diese Länder?

– Wir gucken uns nichts an, sagt Tim, wir lieben es einfach, zu fahren. In Prag sind wir eine Stunde durch den Stadtverkehr, dann sind wir weiter. Wir rauchen, hören Musik, reden und fahren, das ist alles, was wir tun.

– Ihr könntet also auch immer im Kreis ums Ruhrgebiet fahren, das wäre doch dasselbe.

– Im Grunde schon, sagt Tim, aber das Feeling ist einfach nicht dasselbe, du hast nicht das Gefühl, unterwegs zu sein, verstehste?

Juli bejaht, obwohl sie sich nicht sicher ist, ob sie es versteht.

– Yeah, sagt Alex, das ist das Beste, was ich je gemacht habe, du kannst einfach im Bus abhängen und nichts tun und hast trotzdem das Gefühl, daß etwas passiert, du bist in Bewegung, du hast den Flow, du hast den Groove, tanken, kiffen, fahren, pissen und Burger essen, das ist das geilste Leben, das ich je gehabt habe.

Jungs, ihr seid achtzehn, denkt Juli, ihr habt doch einen Schaden, ihr solltet hinter den Mädels her sein und an der frischen Luft, am Baggerloch hängen oder am Strand. Doch gleichzeitig kann sie langsam verstehen, was für ein gutes Gefühl es sein kann, unterwegs zu sein. In zwölf Tagen durch fast ganz Europa, und sie hat fast eine Woche gebraucht, um es von Hamburg hierher zu schaffen.

Bewegung macht dich ruhig, du kannst stundenlang fahren, ohne daß es dir was ausmacht, aber wenn du nur eine Viertelstunde im Stau stehst, wirst du fast wahnsinnig, und das hat nichts damit zu tun, daß du dich womöglich verspätest. In Bewegung zu sein ist einfach gut für die Nerven und das Wohlbefinden. Das hat nichts mit dem Tatendrang der Leistungsgesellschaft zu tun, es ist etwas, das viel tiefer in einem verwurzelt ist. Schon kleine Kinder werden sanft geschaukelt, damit sie leichter in den Schlaf finden.

Christian macht ein Keksdose auf und holt einen fertigen Joint raus. Juli traut ihren Augen kaum, die ganze Dose ist voll davon, die Jungs scheinen sie auf Vorrat zu drehen, bestimmt fünfzig formschön gerollte Spliffs tummeln sich in der Dose.

Die Tüte macht die Runde, und Juli zieht auch ein paarmal dran, mit dem Erfolg, daß sie fast sofort wieder einen trockenen Mund bekommt und nach der Flasche mit dem Tee greift, der jetzt wirklich sehr erfrischend ist und einen angenehmen Geschmack im Mund zurückläßt, die Jungs wissen schon, warum sie das trinken.

– So krass geil, sagt Alex, du rauchst ’n Ding, schwupp bist du in Paris, du rauchst noch einen, schwupp, Madrid, schwupp, Barcelona, schwupp, Marseille, schwupp, Wien, schwupp, Prag, schwupp, Dresden, schwupp, Budapest, schwupp, Istanbul, vergiß doch die Geschichte mit den fliegenden Teppichen, die haben sich früher aufs Kamel gesetzt, ordentlich einen durchgezogen, schwupp waren sie in Kairo, schwupp, Bagdad, schwupp, Jerusalem, so ist das gelaufen, ich sag's dir, Alter, genau so war es, die waren so high, daß sie dachten sie würden fliegen, Alter, dabei saßen die nur auf ihren Kamelen und haben sich das gute Sensimila reingeknallt, damit es unterwegs nicht zu langweilig wird, die waren breit wie Biberschwänze, die haben ihre Wimpern erspürt und gezählt, so dicht wie die waren, von wegen fliegende Teppiche, das einzige, was geflogen ist, waren die Fliegen am Arsch der Kamele.

So geht das noch ziemlich lange weiter, Alex driftet in einen bekifften Monolog ab, alle grinsen breit, und Juli fällt ein, daß sie sich erst gestern gewünscht hat, stoned zu fahren, und jetzt geht ihr Wunsch schon in Erfüllung, das ist doch ein gutes Zeichen, oder?

– Habt ihr soviel Gras mitgenommen, oder versucht ihr unterwegs was zu bekommen? fragt Juli.

– Wir hatten nicht viel dabei, aber in Spanien haben wir ganz günstig ein halbes Kilo gekauft.

– Wieviel?

– Ein halbes Kilo, geteilt durch vier, da bleibt gar nicht so viel übrig.

– Und damit fahrt ihr einfach über die Grenzen?

– Wir verstecken es gut.

Juli findet das doch sehr gewagt und auch ziemlich leichtsinnig, so gerne sie auch selber raucht, das hier ist ihr dann doch zu übertrieben. Sie hat noch nie die Leute gemocht, die so tun, als würden sie am liebsten eine neue Religion gründen.

Im Namen des Grases, des Hanfes und des heiligen Haschisch, ich werde keine anderen Drogen konsumieren neben dir, ich werde keine anderen bewußtseinsverändernden Substanzen anbeten, Cannabis ist mein Hirte, und mir wird es an nichts mangeln. Es schenkt mir Weisheit und verbannt die bösen Gedanken aus meinem Kopf, es gewährt mir die Einsicht, den Alkohol zu schmähen und nährt mein Herz, meine Leber und meine Lunge.

Letztlich ist es für Juli nur eine Pflanze und nicht ein Grund, auf der Welt zu sein, aber Alex hat nicht unrecht, während sie so da sitzt, zuhört, sich entspannt, ihren Gedanken nachhängt und ihre Sorgen vergißt, verschwinden die Kilometer unmerklich, und als die Sonne sich neigt, sind sie nicht mehr weit entfernt von der türkischen Grenze.

– Kennt ihr eigentlich den Witz mit dem Frosch, der Jim Beam trinkt? fragt Juli, und als die Jungs verneinen, fängt sie an, zu erzählen, mit dem Erfolg, daß sich hinterher alle vor Lachen kugeln und Tim fast von der Straße abkommt, weil er sich nicht beherrschen kann.

Mahlzeit

– Ich hab Hunger, sagt Alex und alle anderen: Au ja, was essen.

Bis zu diesem Moment ist es Juli noch nicht aufgefallen, aber als sie das Wort Hunger hört, fühlt sich ihr Magen an, als könne sie problemlos drei volle Mahlzeiten vertilgen.

– Da vorne ist ein Rastplatz, sagt Tim, und kurze Zeit später steigen sie alle fünf aus dem Bus. Es kommt Juli unwirklich vor, irgendwie absurd, daß sie aus diesem Bus aussteigt und in Bulgarien ist, nachdem sie so lange diesen Jungs mit ihrem Ruhrpottdialekt zugehört hat, die sich nicht im geringsten für ihre Umgebung interessieren.

– Wie, die haben keine Burger auf der Karte, was sollen wir denn essen? fragt Alex, als sie an einem Tisch im Freien sitzen, die Geräusche der vorbeifahrenden Autos hören und die speckigen Karten in den Händen halten. Der Kellner hat ein fleckiges Hemd an, ein gelbliches Tuch über dem Arm und wartet auf die Bestellung. Keiner findet etwas vielversprechendes auf der Karte, schließlich bestellt Juli ein halbes Grillhähnchen mit Fritten, und die Jungs, die sich noch nicht entschieden hatten, bestellen auch alle Hähnchen mit Fritten.

Juli läuft schon das Wasser im Mund zusammen, sie stellt sich die knusprige braune Haut vor, die leckere Keule, den Flügel, an dem man knabbern kann, das weiße, etwas trockene Brustfleisch, dazu krosse, gesalzene Fritten, und während sie wartet, malt sie sich aus, in welcher Reihenfolge sie das Hähnchen essen will. Viel Zeit hat sie dazu nicht, nach drei Minuten kommt der Kellner schon mit den Tellern. Blasse Fritten, blasse, winzige Hähnchen, die wirken, als seien sie schon vor Tagen gegrillt worden, labbrige Haut, die nach Knetgummi aussieht.

– Gummiadler, sagt Alex, stürzt sich aber gleich auf sein Essen.

Unter anderen Umständen hätte Juli das Hühnchen nicht geschmeckt, doch sie ist hungrig, ihre Geschmacksnerven sind dankbar für die leiseste Stimulation, sie kommt nicht mal auf die Idee, ihre Fritten zu salzen, bis sie den Teller schon halb leer hat.

– Ich sag's doch, meint Alex, wir sollten nur noch in Länder fahren, wo es an jeder Ecke Burger King gibt, aber auch er nagt die Knochen ab, bis nichts mehr dran ist. Gibt es Burger King in Istanbul, weiß das jemand?

Nachdem Juli ihren Teller aufhat, überlegt sie tatsächlich, ob sie noch einen bestellen soll, sie hat das Gefühl, sie könnte endlos da sitzen und fressen. Die Jungs zünden sich Zigaretten an und scheinen nichts mehr zu wollen. Juli läßt sich auch Feuer geben, und als sie den Rauch ausatmet, fällt ihr siedend heiß ein, daß sie kein Geld hat. Wie soll sie das jetzt erklären, ohne daß sich die Jungs verarscht vorkommen? Sie hätte ja ruhig vorher was sagen können, aber der Hunger hatte ihr den Verstand vernebelt.

– Äh, fängt sie an, ich hab ein Problem. Ich hab keinen Pfennig Geld mehr, wenn ihr so nett sein würdet und ... und mir das vorstrecken. Sobald ich wieder in Deutschland bin, kann ich es euch überweisen oder ... oder wie auch immer. Ich wollte nicht ...

Sie bricht ab, ihr ist ganz heiß geworden beim Reden, es ist ihr nicht peinlich, daß sie kein Geld hat, sie hat noch nie darunter gelitten, daß sie nicht wohlhabend ist, sie verspürt keinen Neid, wenn sie Menschen mit großem Vermögen sieht, doch sie mag es nicht, wenn sie um etwas bitten muß.

Die vier sehen sich gegenseitig an, keiner sagt etwas, Juli spürt das Essen wie einen Wackerstein in ihrem Magen, ganz kurz ist sie versucht, aufzustehen und einfach wegzurennen, aber das würde ja alles nur noch verschlimmern.

– Kein Problem, sagt Christian, du bist eingeladen.

– Danke, sagt Juli, vielen Dank, das werde ich euch nicht vergessen.

– Nur wie kommst du dazu, ohne Geld in die Türkei zu trampen?

– Das ist eine lange Geschichte.

– Erzähl sie uns unterwegs.

Meinungen

Juli erzählt, wie sie sich verliebt hat, wie sie Daniel den Ring verkauft hat, wie er sich in Melek verliebt hat, wie sie ihn wiedergetroffen hat, die Verabredung unter der Bosporusbrücke, wie der Wagen den Geist aufgegeben hat, Leo, Budapest, die Heirat an der Grenze, Rumänien, wie sie Flüsse überquert haben, fast die ganze Geschichte, sie läßt nur den Vergewaltiger weg, sie hat keine Lust, darüber zu reden. Die Jungs hören ihr gebannt zu.

– Meine Fresse, sagt Christian, der sich ein Hawaiihemd übergezogen hat, nachdem er nur mit dieser Badehose bekleidet gegessen hatte, du bist also verliebt in diesen Typen?

– Kennst du einen Katholiken, der Johannes Paul heißt? fragt Lutz, der nach dem Essen gar nicht mehr so tranig wirkt.

– Ich wünschte, eine Frau würde so etwas mal für mich tun, sagt Tim, ein Auto klauen, mir über die Grenze helfen, mit mir die Donau in einem Bötchen überqueren. Für mich bis ans Ende der Welt fahren. Ich würde sie nie wieder gehen lassen, dieser Daniel muß blind sein.

Das hört Juli gerne, es gibt ihr das gute Gefühl, daß alles, was sie bisher getan hat, richtig war, auch wenn sie manchmal daran gezweifelt hat.

– Er hat noch nie voher gekifft? fragt Alex

Juli nickt.

– Mit dem stimmt was nicht, glaub mir, das kann doch nicht sein, daß du noch nie in deinem Leben geraucht hast, das ist doch nicht normal. Wahrscheinlich ist er ein Psychopath, ein Serienmörder oder so was, der nette Schwiegersohn-Typ, das sind immer die schlimmsten, diese scheinheiligen Spießer.

Zuerst will Juli Daniel in Schutz nehmen, doch dann geht ihr auf, daß dieser Alex ein viel größerer Spießer ist, ein Mensch, der keinen Respekt hat. Sie widersteht der Versuchung, ihm genau das an den Kopf zu werfen.

– Aber was willst du jetzt in Istanbul? fragt Lutz, glaubst du, er wird die andere stehenlassen, wenn du auch da bist?

Juli zuckt mit den Schultern, sie weiß keine Antwort auf diese Frage, sie hat auch gar keine Lust, sich damit zu beschäftigen. Tim bremst ab, sie sind an der Grenze, und vor ihnen ist eine längere Schlange, aber die meisten Wagen scheinen durchgewunken zu werden.

– Ich will nur sehen, ob er es schafft, sagt sie schließlich.

– Unwahrscheinlich, sagt Christian, er hat kein Geld, als Mann wirst du nicht schnell mitgenommen, und er hat nicht mal Gepäck, das macht ihn doch verdächtig. Ich würde meinen Arsch drauf wetten, daß er es nicht schafft. Er hat ja auch nicht mehr Juli an seiner Seite, die ihm hilft. Nee, keine Chance.

Juli fühlt sich geschmeichelt, aber gleichzeitig will sie nicht, daß es die Wahrheit ist.

– Er macht's, sagt Lutz, er schafft es, das ist die Kraft der Liebe, schon mal davon gehört, Alter? Er wird Berge versetzen, Grenzen neu ziehen, er wird Himmel und Hölle in Bewegung setzen, und er wird Freitag um zwölf unter der Brücke stehen. Da bin ich mir sicher.

Juli will auch nicht, daß das die Wahrheit ist.

– Angenommen, er schafft es, das heißt doch gar nichts, hat er eben Glück gehabt. So seh ich das, sagt Alex.

Spürhunde

Der Grenzbeamte kontrolliert die Pässe, sieht den Bus skeptisch an und bedeutet Tim dann, ihn vorne abzustellen, wo drei Zöllner einen

Volvo aufs gründlichste durchsuchen. Sie sind gerade dabei, die vorderen Sitze auszubauen.

– Oh, Scheiße, sagt Juli, auch das noch.

– Keine Sorge, sagt Alex, sie werden nichts finden.

Tim stellt den Wagen ab, sie steigen alle aus und machen sich Zigaretten an, die Jungs wirken erstaunlich kaltblütig. Juli fällt die Dose mit den Joints ein, wo ist die? Und heißt es jetzt: mitgegangen, mitgefangen? Sie könnte wild darüber werden, daß sie so leichtfertig war, sie könnte wild darüber werden, daß Gras nicht legal ist, nicht mal in einem moslemischen Land wie diesem.

Tim legt einen Arm um Julis Schulter und zieht sie ein Stück beiseite.

– Verpiß dich einfach in einem unbeobachteten Moment, das dürfte kein Problem sein. Ich will nicht, daß du wegen uns Schwierigkeiten bekommst und Zeit verlierst. Ich will, daß du morgen mittag unter der Brücke stehst. Und sei es nur, damit du bis zum Ende gekämpft und nicht aufgegeben hast. Ich beneide diesen Daniel, ehrlich. Ich möchte nicht, daß es jetzt noch schiefgeht, du bist so kurz davor. Hier, nimm.

Er drückt ihr Geld in die Hand, Juli ist gerührt, so etwas hätte sie diesem Bengel nicht zugetraut, gerade mal achtzehn, kaum 'ne Ahnung von irgend was, will nur kiffen und fahren, aber dann so ein großes Herz und hellwach.

– Danke, sagt sie, danke.

– Du wirst es schaffen.

– Ja, bestätigt sie, ich werde es schaffen, ohne zu wissen, was sie eigentlich genau schaffen will.

Tim sieht sie an, und sie weiß, daß er sich um sie bemühen würde, wenn er nur die geringste Chance sähe.

Juli nimmt ihren Rucksack und schleicht sich davon.

Als sie sich ein letztes Mal umdreht, sieht sie, wie die Grenzer die Spürhunde in den Bus schicken.

Busbahnhof

Emine und Arzu, zwei türkische Frauen in einem Polo mit Stuttgarter Kennzeichen, nehmen Juli mit bis nach Edirne, der ersten größeren Stadt nach der Grenze. Juli ist ein wenig erstaunt, die beiden sind etwa in ihrem Alter, tragen Kopftücher, sind ohne Männer unterwegs und sprechen so ein breites Schwäbisch, daß Juli manchmal Mühe hat, sie zu verstehen. Es läuft eine funky Musik, die gleichzeitig orientalisch klingt, *I get a high from Istanbul twilight*, klingt es aus den Boxen. Juli stellt sich eine wunderschöne, geheimnisvolle Stadt vor, mit engen verwinkelten Gassen, riesigen ornamentalen Bauten mit Kuppeldächern, farbenfrohe Keramiken mit verschnörkelten Verzierungen, Seide, Brokat, silberne Pokale, brodelnde Bazare mit Marktschreiern und graubärtige Männern, die auf lahmen Eseln reiten. Sie freut sich schon darauf, anzukommen, sie ist begierig, diese Stadt zu sehen, und zum ersten Mal, glaubt sie nicht nur daran, daß sie es schaffen wird, sie weiß es einfach. Es ist alles gut gelaufen, das Schicksal meint es gut mit ihr, das können nicht alles Zufälle sein, sie läßt den Geldschein in ihrer Hosentasche zwischen den Fingern knistern und glaubt fest an die Vorsehung, man darf sich nicht zu sehr um das Morgen sorgen. Es gibt höhere Mächte, die sich darum kümmern. Alles, was man tun kann, ist hier und jetzt sein Bestes zu geben, der Rest liegt in fremden Händen, man muß nur aufrichtig bemüht sein, um sich seines Schicksals würdig zu erweisen.

Es ist mittlerweile dunkel, als sie nach Edirne reinfahren, Emine fragt Juli, wo sie denn hin möchte.

– Nach Istanbul.

– Willst du morgen mit uns weiterfahren, oder sollen wir dich zum Busbahnhof bringen?

– Lieber zum Busbahnhof. Ist es denn noch weit?

– Nein, nur noch ein kurzes Stück.

– Warum fahrt ihr dann nicht weiter?

– Es ist spät, und wir müssen bis nach Adana, das schaffen wir heute sowieso nicht mehr.

– Wo liegt das denn?

– Im Süden, mit ein bißchen Glück sind wir morgen nacht da, aber heute hat es keinen Sinn mehr, weiterzufahren.

Juli bedankt sich bei den beiden, als sie sie am Busbahnhof rauslassen, nur noch ein paar Stunden. Sie wechselt ihr Geld, kauft sich eine Fahrkarte, ißt einen Sesamkringel, raucht noch eine Zigarette, und dann fährt auch schon ihr Bus.

Erwischt

Das Klingeln des Telefons weckt Melek auf, es ist mitten in der Nacht, sie dreht sich um und hofft, daß es bald aufhört, damit sie weiterschlafen kann. Wenn sie morgen früh aufwacht, dann ist es soweit, sie wird Isa wiedersehen. Es ist die letzte Nacht ohne ihn.

Der Anrufer ist hartnäckig. Sie hört, wie Hakan aufsteht, im Flur über etwas stolpert, ans Telefon geht und Hallo sagt. Dann hört sie wieder Schritte, und Hakan klopft an ihre Tür.

– Mmmmh, ja? sagt Melek verschlafen.

– Dein nichtsnutziger Freund ist dran, er sagt, er muß dich dringend sprechen.

Sofort ist Melek hellwach, sie springt auf, ihr Herz beginnt heftig zu klopfen, sie hat Angst. Was ist passiert, daß er um diese Zeit anruft und sie sprechen will? Im Flur stolpert auch sie über Hakans Tasche und fällt fast hin, dann hat sie endlich den Hörer in der Hand.

– Ja?

– Es ist alles Ordnung, entspann dich. Sie haben mich an der Grenze gefickt, mit Onkel Ahmet im Kofferraum. Ich habe ihnen die ganze Geschichte erzählt, ich bin so was wie Held für die, weil ich alles getan habe, nur damit mein Onkel in seiner Heimat begraben werden kann. Es gibt eigentlich kein Problem, die brauchen bloß die Geburtsurkunde von Onkel Ahmet als Beglaubigung.

– Und? sagt Melek. Sie begreift nicht ganz, warum er sie deswegen anruft.

– Fahr doch bei uns vorbei und komm mit der Geburtsurkunde hierher, so schnell du kannst.

– Was? Wieso rufst du nicht deine Tante an und bittest sie? Isa, die können mich sowieso auf den Tod nicht ausstehen, und jetzt soll ich sie mitten in der Nacht aus dem Bett holen? Die werden mich nie wieder ansehen, wenn ich um diese Uhrzeit dort aufkreuze.

– Bitte.

– Isa. Warum machen wir uns die Mühe, uns unter der Brücke zu verabreden? Weil deine Familie mich nicht leiden kann. Wieso willst du mich jetzt zu ihnen schicken? Ich mag da nicht hingehen.

– Melek.

Sie sagt nichts, und er sagt es noch mal: Melek.

– Ich beeil mich.

Das Meer

Im Bus sitzt eine alte Frau mit schwieligen Händen neben Juli, auf der anderen Seite des Ganges sind zwei Soldaten mit kurzgeschorenen Haaren und dunklen Gesichtern, die Weintrauben essen und sich leise lachend unterhalten. Juli versucht, aus dem Fenster zu sehen, aber es ist so dunkel, daß man draußen kaum was erkennen kann. Die Frau holt ein Päckchen Zigaretten raus und bietet Juli eine an. Juli nimmt sich eine und sagt:

– Teşekkür ederim.

Die Frau lacht und sagt etwas, Juli zuckt die Schultern und holt ihr Feuerzeug raus. Die Zigaretten schmecken ihr nicht besonders. Nachdem sie die Kippe ausgedrückt hat, döst sie ein wenig.

Als sie die Augen wieder aufmacht, glaubt sie draußen das Meer zu sehen, sie ist sich wegen der Dunkelheit zunächst nicht ganz sicher, sie atmet tief durch die Nase ein, da ist ein salziger Geruch. Als der Bus um die nächste Kurve fährt, kann sie es endlich deutlich erkennen, ja, sie sind am Meer, da spielt das Mondlicht auf den Wellen.

– Deniz, sagt die alte Frau, deutet nach draußen und lacht.

– Deniz, wiederholt Juli. Dann sagt sie: Ich mag das Meer sehr gerne, ich könnte niemals in einer Stadt wohnen, die nicht am Wasser liegt, da käme ich mir so eingeschlossen vor. Verstehen Sie?

Sie deutet mit der Hand nach draußen.

– Deniz. Deniz, sehr gut.

– Sehr gut, wiederholt die Frau.

Juli holt ihre Zigaretten raus und bietet der Frau auch eine an, sie fischt sich eine mit rauhen Händen aus der Packung. Schweigend rauchen sie gemeinsam noch eine, und Juli döst wieder ein, sie ist erschöpft, und dieser Joint hat auch nicht gerade dazu beigetragen, daß sie sich energiegeladen fühlt.

Als sie die Augen wieder aufschlägt, ist sie in Istanbul, am Busbahnhof in Topkapı.

Ein Zimmer

Sie hat kaum Zeit, unschlüssig mit ihrem Rucksack herumzustehen und sich zu fragen, was sie jetzt tun soll. Im Nu ist sie von Männern umringt, die *Taxi, Taxi* rufen. Keiner sieht besonders vertrauenserweckend aus, und Juli weiß nicht, wohin sie überhaupt will.

– Deutsch? fragt ein Mann, der einen Kopf kleiner ist als sie.

Juli nickt.

– Wo aus Deutschland kommen Sie her?

– Hamburg.

– Ich habe zwölf Jahre in Hamburg gewohnt. In Altona. Brauchen Sie ein Taxi?

Er hat einen starken Akzent, scheint aber fehlerfrei deutsch zu können.

– Wissen Sie ein billiges Hotel?

Der Mann nimmt ihr den Rucksack ab und geht vor zu seinem gelben Taxi.

– Ich weiß ein billiges Hotel in Aksaray, gehört einem Vetter von mir, gut gelegen, fünf Minuten zu Fuß zum Bazar. Wie lange wollen Sie bleiben?

– Nur eine Nacht.

– Nur eine Nacht? Istanbul ist eine schöne Stadt, Sie müssen zwei, drei, vier Tage bleiben, die Moscheen, den Palast ansehen, Aya Sofia, Sultan Ahmet, abends Taksim, Discos, Bars, junge Menschen, viel feiern.

– Ich treffe mich morgen mit einem Freund hier, dann entscheiden wir gemeinsam.

– Ihr Freund ist noch nicht da?

– Nein, er kommt erst morgen.

Der Mann hält vor einem schäbigen vierstöckigen Gebäude und sagt:

– So wir sind da. Oh, jetzt hab ich vergessen die Uhr anzumachen. Warum haben Sie nichts gesagt? Na ja, ich mache Ihnen einen guten Preis.

Er nennt eine Summe, die Juli, als sie sie in Mark umrechnet, nicht besonders hoch vorkommt, doch sie sieht den Mann an und nennt die Hälfte des Preises.

– Haha, Sie haben in Deutschland gelernt, daß man in der Türkei handeln muß, immer nur die Hälfte sagen, haha. Sehen Sie, ich habe Ihnen schon einen guten Preis gemacht, da gibt es nichts zu feilschen. Wir haben in derselben Stadt gewohnt, ich würde Sie doch nicht übers Ohr hauen. Vertrauen Sie mir. So einen guten Preis werden Sie in dieser Stadt nie wieder kriegen. Ehrlich.

Er hebt zwei Finger und Juli zahlt, ohne weiter zu feilschen.

Der Taxifahrer geht mit ihr rein, redet ein paar Worte mit dem Mann an der Rezeption, läßt sich einen Schlüssel geben und führt Juli selber zu ihrem kleinen Zimmer im dritten Stock. Die Beleuchtung im Treppenhaus funktioniert nicht, und das Geländer ist wacklig.

Das Zimmer ist ziemlich klein, außer einem schmalen Bett und einen Stuhl ist nichts drin, nicht mal ein Waschbecken.

– Die Toilette ist rechts nebenan, sagt der Mann. Er steht noch drei, vier Sekunden da, spielt mit seinem Autoschlüssel und lächelt Juli an. Dann reicht er ihr die Hand und wünscht ihr eine gute Nacht.

Die Matratze ist hart, aber trotzdem durchgelegen, das Laken löchrig, und der Bezug des Kissens mag mal weiß gewesen sein, ist nun aber nur gelblichbraun. Es riecht staubig in dem Zimmer, ein wenig nach abgestandenem Schweiß, die Wände sind fleckig, und an der Decke hängt eine nackte Glühbirne. Juli macht das Fenster auf, die Luft ist warm und feucht und klebt auf der Haut. Sie streift die Schuhe von den Füßen, ihr behagt die Vorstellung, nackt in diesem Bett zu liegen, nicht besonders, also löscht sie das Licht und legt sich in Klamotten hin. Sie fühlt sich vollkommen erschlagen, morgen früh wird sie duschen und dann sauber und ausgeschlafen hier rausspazieren. Es dauert nicht lange, und sie schläft tief und fest.

Treffen ohne Sonne

Melek sitzt im Bus nach Edirne, in ihrer Tasche hat sie die Geburtsurkunde von Ahmet Veli. Es war nicht so schlimm, wie sie gedacht hat. Als sie mitten in der Nacht, nachdem sie Sturm geklingelt hatte, in der Tür stand, hat Isas Tante erst mal sehr seltsam geguckt und ohne ein Wort ihren Morgenmantel festgezurrt. Melek hat sich für die Störung entschuldigt und ihr direkt gesagt, daß sie Isa an der Grenze mit der Leiche ihres Bruders im Kofferraum festgenommen haben. Isas Tante hat die Hand vor den Mund geschlagen und Melek reingebeten. Melek hat, noch bevor sie sich die Schuhe ausgezogen hat, erzählt, daß es im Grunde kein Problem gibt, daß sie ihn sogar gelobt haben für seine Tat, daß sie nur die Geburtsurkunde sehen wollen, dann kann Isa weiterfahren.

– Er wollte es Ihnen nicht zumuten, die ganze Strekke mitten in der Nacht zu fahren, deshalb hat er mich angerufen, hat sie geflunkert, als sie im Wohnzimmer saß und Isas Tante in einem Ordner kramte. Sie hat nicht viel gesagt, sie ist Melek nicht freundlich gesinnt, aber sie hat sie auch nicht abweisend behandelt wie sonst.

– Hol meinen Neffen da raus, hat sie gesagt.

– Ich verspreche es Ihnen, Tante, morgen mittag wird er hier sein, hat Melek erwidert und ist dann mit dem Taxi, das sie draußen hatte warten lassen, zum Busbahnhof gefahren.

Melek legt ihre zusammengefaltete Jacke ans Fenster, lehnt den Kopf dagegen und schließt die Augen, doch sie findet keinen Schlaf. Sie freut sich schon auf Isa, und nachdem es nicht weiter problematisch war, die Geburtsurkunde zu organisieren, steigt ihre Laune bei dem Gedanken, daß sie bald zusammen mit Isa Urlaub machen wird. Sie träumt davon, mit dem Auto die Küste enlangzufahren, Bodrum, Marmaris, Alanya, bis ganz in den Süden, bis nach Anamur. Nur sie beide, die Fenster runtergekurbelt, die Musik laut gestellt, neben ihnen das endlose Blau, Eis am Stiel, Ayran, wehende Haare, Zigaretten und keine Verpflichtungen.

So träumt sie vor sich hin, bis dann im Morgengrauen der Bus an einer Raststätte hält, wo sie eine Viertelstunde Aufenthalt haben. Melek geht auf Toilette, dann kauft sie sich noch zwei Kassetten in einem kleinen Geschäft, die sie auf der Rückfahrt mit Isa hören möchte, eine von Songül Karlı und eine von Barış Manço. Sie geht in das Restaurant und bestellt sich einen Tee, den sie in kleinen Schlucken trinkt, obwohl er nicht besonders heiß ist. Als ihr Glas leer ist und sie schon aufstehen will, kommt es ihr so vor, als habe sie zwischen den Menschen in ihrem Blickfeld eine bekannte Gestalt entdeckt. Er sitzt mit dem Rücken zu ihr, und sie steht auf und nähert sich ihm von der Seite, um sich zu vergewissern. Er ist es tatsächlich. Sie freut sich riesig, wie man sich eben freut, wenn man an einem völlig unvermuteten Ort jemanden trifft, den man zwar kennt, aber mit dem man nicht eng befreundet ist, geschweige denn besser bekannt.

Melek tritt an ihn heran und hält ihm von hinten die Augen zu.

– Juli? fragt er.

Sie läßt die Hände sinken, woher soll er schon auf

die Idee kommen, daß sie es ist? Er dreht seinen Kopf und sagt:

– Melek.

Sie setzt sich auf den freien Platz neben ihm. Er trägt seine Brille nicht, sieht übernächtigt aus und dreckig, er scheint sich lange nicht mehr rasiert zu haben und riecht auch ein wenig unangenehm, doch sie mag seine braunen Augen und den warmen Blick.

– Daniel. Was machst du denn hier? Ich dachte, du wolltest nicht in Urlaub fahren.

– Wollte ich ja auch nicht, sagt Daniel zögernd.

– Wieso bist du dann hier?

– Ich bin auf dem Weg nach Istanbul.

– Was willst du in Istanbul?

Melek kann es nicht glauben, daß sie diesen Typen hier trifft, der ihr so lieb geholfen hat, das kann doch kein Zufall sein, denkt sie, solche Zufälle gibt es einfach nicht.

– Das ist eine lange Geschichte, sagt Daniel.

– Erzähl sie mir, aber mach's kurz, ich hab nicht mehr viel Zeit, mein Bus fährt gleich.

– Also, sagt Daniel, ich habe ein Mädchen getroffen, ich habe mich in sie verliebt, und dann war sie auf einmal weg, und jetzt fahre ich nach Istanbul, um sie dort zu treffen.

Melek ahnt etwas, das ihr nicht wirklich gefällt, und noch ehe sie nachdenken kann, fragt sie auch schon:

– Wo in Istanbul wirst du sie denn treffen?

– Unter der Brücke.

Daniel grinst.

– Bist du dir sicher, daß sie da sein wird?

– Ich hoffe es. Sie weiß, daß ich da sein werde.

– Aha.

Melek nickt, aber sie findet nicht, daß Daniel so aussieht, als sei er in sie verliebt. Der Platz in Ortaköy ist kein außergewöhnlicher Treffpunkt, warum sollte Daniel da nicht mit einer anderen Frau verabredet sein. Sie will nicht glauben, daß dieser Mann die ganze Strecke womöglich nur wegen ihr zurückgelegt hat. Es ertönt eine Lautsprecheransage, und Melek sagt:

– Das ist für mich, ich muß los, ich muß nach Edirne, zur Grenze, sagt sie.

– Was machst du an der Grenze?

– Das ist eine lange Geschichte. Ich muß was Dringendes erledigen.

Daniels Mundwinkel gleiten nach unten.

– Aha.

Er begleitet sie noch zum Bus, und als sie sich zum Abschied auf die Wangen geküßt haben, sagt er:

– Grüß deinen Freund von mir.

– Mach ich, sagt Melek automatisch, doch dann fragt sie: Woher ...? Wieso weißt du, daß ich zu Isa fahre?

Melek versteht es nicht. Da trifft sie diesen Mann zufällig wieder, und der scheint zufällig ihren Freund zu kennen und zufällig zu wissen, daß er an der Grenze festsitzt. Daniel zwinkert ihr zu, und für ein paar Sekunden sieht er sehr selbstsicher und verwegen aus, wie jemand, der die Gewißheit hat, daß er alle Gefahren meistern kann.

Der Busfahrer drängt Melek, endlich einzusteigen, und als sie schließlich auf ihrem Platz sitzt, versucht sie sich das Ganze zusammenzureimen. Er ist nicht in sie verliebt, es ist eine andere Frau, anscheinend ist er die ganze Strecke in sehr kurzer Zeit gefahren. Er muß sich sehr plötzlich verliebt haben, da vor ein paar Tagen in Hamburg noch nichts davon zu merken war. Vurulmuş, denkt sie, der Blitz muß eingeschlagen haben, Liebe auf den ersten Blick. Doch wie und warum hat er die Frau verloren? Und was hat Isa damit zu tun? Sieht ihm gar nicht ähnlich, daß er sich mit so einem Physiklehrer anfreundet, der sich gut ausdrücken kann. Jetzt hat sie es noch eiliger, an die Grenze zu kommen.

Vereinigung An der Grenze hat Melek keine Schwierigkeiten, obwohl sie nicht die geringste Idee hat, an wen sie sich wenden muß. Sie fragt einen Beamten vor dem Zollgebäude, wo man denn hin muß, wenn man, ja, wenn man eigentlich was will? Sie beginnt die Geschichte in groben Zügen zu erzählen, doch der Mann unterbricht sie.

– Du bist hier, um Isa abzuholen? Er sitzt im Büro des Kommissars und frühstückt gerade. Das ist oben im zweiten Stock, die große Tür, du kannst sie gar nicht verfehlen. Ein mutiger junger Mann, dein Freund, gibt er ihr noch mit auf den Weg.

Oben klopft sie an die Tür, eine Stimme ruft *Herein,* und dann sieht sie Isa, wie er dasitzt, zerschlissene Jeans, kurzgeschorene Haare, enges T-Shirt, Drei-Tage-Bart und daneben ein tadellos gekleideter Mann in mittlerem Alter, Anzug, Weste, weißes Hemd, Krawatte, akkurat geschnittener Schnäuzer, sie rühren beide in ihren Tees, und als Isa Melek sieht, springt er auf, nimmt ihre Hand und sagt:

– Mein Herr, darf ich Ihnen meine Freundin vorstellen, Melek. Melek, das ist der Herr Kommissar.

Der Mann steht auf, gibt Melek die Hand, deutet eine Verbeugung an und sagt:

– Ein mutiger junger Mann, Ihr Freund. Haben Sie die Unterlagen dabei, damit wir diese Sache aus der Welt schaffen können?

Melek holt die Geburtsurkunde raus und reicht sie dem Mann, der einen Boten ruft und ihn damit wegschickt, die Formalitäten erledigen. Er läßt Tee kommen für Melek und bietet ihr einen Sesamkringel an.

– Wir werden den Leichnam Ihres Onkels, Gott hab ihn selig, von hier aus nach Istanbul überführen, Sie müssen sich um nichts mehr kümmern, erklärt er Isa. Wir wollen doch nicht, daß Sie in eine Verkehrskontrolle geraten und Schwierigkeiten kriegen.

Eine halbe Stunde später sitzen Isa und Melek im Benz und fahren Richtung Istanbul. Die Sonne scheint warm, es ist erst neun Uhr, doch Melek kommt es vor, als würde der Tag schon ewig dauern. Sie schaut Isa an, ein mutiger junger Mann.

– Melek, sagt er.

– Glaubst du, wir können eine abgelegene Stelle finden? fragt sie.

– Das sollte kein Problem sein.

Hektik

Juli wird von einem leichten Kribbeln an ihrem Hals geweckt, als sie sich kratzen will, bemerkt sie dort etwas, das sie für einen Flusen hält. Als sie ihn zwischen Daumen und Zeigefinger hat, spürt sie das Krabbeln und den harten Chitinpanzer, es ist ein Tier, eine Schabe, ein Tausendfüßler, auf jeden Fall etwas fieses. Sie schüttelt das Insekt panisch von ihrer Hand und schnellt auf. Es ekelt sie, sie will gar nicht wissen, was das war, sie springt aus dem Bett und sieht runter auf den dreckigen Läufer, ob sich da etwas vor ihren Füßen tummelt, doch da ist nichts zu sehen.

Die Sonne scheint ins Zimmer, und Juli wird schlagartig bewußt, daß sie nicht die geringste Ahnung hat, wie spät es ist. Kann es sein, daß es schon nach mittag ist? Sie schaut raus, doch der Stand der Sonne hilft ihr nicht viel weiter, es könnte elf sein, zehn, zwölf, wer weiß das schon so genau? Also hastet sie die Treppen runter zur Rezeption, wo derselbe Mann wie gestern abend sitzt und gerade Zeitung liest.

– Entschuldigung, wie spät ist es? fragt Juli.

Der Mann blickt von seiner Zeitung auf und sieht sie verständnislos an.

– Time, sagt Juli und zeigt auf ihr Handgelenk.

Der Mann deutet mit dem Kinn zur Wanduhr und widmet sich wieder seiner Zeitung.

Es ist kurz vor elf, Juli weiß nicht, wie weit die Brükke entfernt ist, sie weiß nur, daß Istanbul eine verdammt große Stadt ist und daß es ganz schön knapp werden kann. Als sie wieder hochläuft, sagt sie sich, daß sie ja schon mal auf der richtigen Seite der Stadt ist, auf der europäischen.

Sie schnappt sich ihren Rucksack, wieder unten, sieht sie, daß der Mann immer noch in seine Zeitung vertieft ist, Juli hält die Luft an und geht auf Zehenspitzen an ihm vorbei. Unter diesen Umständen hat sie nicht vor, für das schäbige Zimmer auch noch zu bezahlen. Der Artikel scheint sehr fesselnd zu sein, Juli gelangt unbemerkt aus dem Hotel.

An einer Art Hauptstraße bleibt sie schließlich stehen, es sind sehr viele Menschen unterwegs, sie schieben, rempeln, drängeln, hasten aneinander vorbei, die Geräusche dröhnen in ihrem Schädel, Verkehrslärm, Hupen, Stimmengewirr, die Rufe der Straßenverkäufer, aufheulende Motoren, quietschende Bremsen und kreischende Kinder, es ist die Hölle los, doch es scheint niemand zu stören.

Juli winkt ein Taxi heran, beugt sich zum Fahrer runter und fragt:

– Sprechen Sie deutsch?

Sie will nicht das Risiko eingehen, falsch verstanden zu werden und dann mittags irgendwo zu sein, wo sie nie hinwollte.

– Sprechen deutsch, sagt der Mann, und Juli steigt ein.

Er macht das Taxameter an und fährt los.
– Ich muß zur Bosporusbrücke, ich muß um zwölf Uhr da sein, schaffen wir das?
– Welche Brücke? fragt der Mann.
– Na, die Brücke über den Bosporus, die Europa mit Asien verbindet, die Bosporusbrücke.
– Es geben zwei, sagt der Mann.

Nach dem Akt

Melek bindet sich die Haare zu einem Pferdeschwanz zusammen, fast eine halbe Stunde standen sie in der prallen Sonne in einem Feld und haben beide diese seltsame Mischung aus Gerüchen, die noch im Auto waren, nicht mehr wahrgenommen. Jetzt seufzt sie zufrieden und schiebt die Kassette von Barıs Manço rein, *Gül pempe* erklingt.
– Kennst du einen Daniel Bannier? fragt Melek.
– Der Freak, den ich mitgenommen habe? Der Physiklehrer? Woher kennst du den denn?
Melek erzählt, wie sie Daniel in Hamburg kennengelernt hat.
– Ach nee, sagt Isa, das gibt's ja gar nicht, jetzt verstehe ich das erst. Ich hab den Penner mitgenommen, er hat mir die Geschichte auch erzählt, aber ich wußte ja nicht ...
– Warum hast du ihn überhaupt mitgenommen?
– Ich hab mir die Sonnenfinsternis angesehen in Bulgarien, gestern morgen, und plötzlich ist dieser Typ da und will, daß ich ihn mitnehme. Ich sag nein, setz mich ins Auto, und als ich losfahre, wirft der Sack sich einfach davor. Scheiße, ich hab gedacht, ich hab ihn tot gefahren, ich bin ausgestiegen, und er lag da, bewußtlos. Hätte ich ihn da liegen lassen sollen, so ganz allein? Ich hab ihn ins Auto geschleppt, und da stellte sich raus, daß er sich nichts getan hat, aber ich

konnte ihn auch nicht einfach wieder rauswerfen, nachdem ich ihn fast platt gefahren hab, verstehst du?

Melek nickt.

– Und er erzählt mir die Geschichte, daß er dringend nach Istanbul muß, um sich dort mit dem Mädchen zu treffen, in das er sich unsterblich verliebt hat. Das ist der Hammer, dieser Kerl würde alles für sie tun. Er war bereit, sein Leben zu riskieren. Dann haben sie uns an der Grenze gefickt, weil der Arsch seinen Paß unterwegs verloren hat, und ich hab ihm in der Zelle die ganze Geschichte mit Onkel Ahmet erzählt.

– Wie ist er vor dir da rausgekommen?

– Türk işi, sagt er, dieser nichtsnutzige Wärter hat vergessen, die Zellentür abzuschließen, weil er einer Nutte hinterhergegafft hat.

Zwei Brücken

– Wie? Es gibt zwei Brücken?

– Boğaz köprüsü und Fatih Sultan Mehmet.

– Scheiße.

– Welche Brücke wir fahren?

– Woher soll ich das denn wissen? Ich hab keine Ahnung. Er hat gesagt unter der Bosporusbrücke, er weiß wahrscheinlich nicht mal selber, daß es zwei gibt. Was soll ich denn jetzt tun? Scheiße, scheiße, scheiße.

Der Fahrer geht vom Gas und sieht sie fragend an.

– Was wollen Brücke?

– Bitte?

– Was wollen Brücke? Andere Seite?

– Nein, ich will nicht auf die andere Seite.

– Was wollen Brücke?

Jetzt begreift Juli, wonach der Mann fragt.

– Ich bin dort verabredet. Ich will da jemanden treffen. Verstehen Sie?

Sie hebt die Hände und ahmt mit nach unten

zeigenden Zeige- und Mittelfingern zwei Personen nach, die sich aufeinander zubewegen. Und dann, als ihre Hände sich berühren, ohne selbst so recht zu begreifen, was sie tut, küßt sie geräuschvoll mehrmals in die Luft.

– Okay, sagt der Mann, keine Problem. Ortaköy.

Kette rauchen Es ist halb zwölf, als sie in den Stau geraten. Zuerst ist Juli noch ganz entspannt, doch es geht nur schleppend vorwärts, und sie wird nervös.

– Ist es noch weit?

– Ja, noch weit.

Juli hält ihm ihr Päckchen hin, und als sie sich selbst eine nimmt, klickt schon das Feuerzeug des Fahrers, und sie beugt sich ein wenig vor, um ihre Zigarette anzustecken.

– Glauben Sie, wir schaffen das bis zwölf?

Juli zeigt ihm auf der Uhr am Armaturenbrett, welche Zeit sie meint.

– Allah weiß, sagt der Mann.

Das macht ihr nicht gerade Mut. Sie will nicht glauben, daß so kurz vor dem Ziel alles in die Binsen geht.

– Wissen Sie, ich bin da mit meinen Freund verabredet, sagt sie, mehr aus Nervosität als aus dem Gefühl heraus, mit diesem Mann etwas teilen zu wollen.

– Freund warten, sagt der Mann ruhig, Frau schön, Freund warten. Wenn nicht warten, Freund nicht gut.

– Ja, wenn es so einfach wäre, seufzt Juli, fischt noch eine Zigarette aus der Packung und steckt sie an der ersten an. Der Mann lacht, es ist zwanzig vor zwölf, Juli verspürt einen unangenehmen Druck auf der Blase, sie versucht, ihn zu ignorieren, das hat ihr gerade noch gefehlt.

Bitte, bitte, Stau, geh weg, lös dich auf, verschwinde, laß uns durch, bitte, nur dieses eine Mal, ich werde mich auch nie wieder beschweren, wenn ich irgendwo feststecke, versprochen, fleht sie in Gedanken. Es scheint zu helfen, der dichte Verkehr löst sich auf, sie kommen vorwärts. Es ist fünf vor zwölf, als der Mann anhält und lächelnd sagt:

– Wir geschafft.

Er deutet auf die Zahl auf dem Taxameter, und Juli holt ihr Geld raus. Dann schaut sie noch mal auf die Uhr. Das darf nicht wahr sein, denkt sie. Es ist kaum die Hälfte dessen, was sie gestern abend bezahlt hat, die Strecke jetzt kam ihr länger vor, und sie haben auch noch so lange im Stau gestanden. Sie gibt dem Mann ein großzügiges Trinkgeld, und kurz darauf steht sie auf dem Platz in Ortaköy und merkt, wie sie am ganzen Körper zittert.

Unter der Brücke

Sie blickt sich um, ein großer Platz voller Menschen, links ist eine Moschee, vor ihr das Meer. Daniel kann sie nirgends entdecken. Mit fahrigen Bewegungen zündet sie sich noch eine Zigarette an und versucht vergeblich, sich Meleks Gesicht ins Gedächtnis zu rufen. Doch sie weiß, sie würde diese Frau wiedererkennen. Zumindest glaubt sie es. Unschlüssig steht sie da, ihren Rucksack zu ihren Füßen, zieht hastig an der Kippe und versucht sich darüber klar zu werden, was sie hier eigentlich will. Was soll sie tun, wenn sie ihn sieht? Oder sie? Ihre Hände zittern immer noch, sie weiß nicht, ob es Angst ist oder Aufregung, sie spürt ihr Herz direkt unter ihrer Kehle pochen, es kommt ihr vor, als hätte sich eine Hand darum gelegt und würde es langsam zusammendrücken. Ihr Magen scheint ein harter Knoten zu sein, und sie merkt, wie ihr trotz der Hitze kalt wird.

Es ist vorbei, denkt sie und läßt alle Hoffnung fahren. Es ist nichts passiert, und alles ist vorbei. Mutter, sieh, ich liege nicht im Dreck, ich bin nur einem Hirngespinst hinterhergelaufen, und nun stehe ich da, mein Herz ist leer, mein Kopf ist leer, mein Leben fühlt sich leer an. Ich liege nicht im Dreck, ich stehe am Meer und weiß nicht, was ich tun soll. *It's not an easy road. Now I'm weary, tired and dreary.* Sie spürt keine Freude, kein Glück, keine Erleichterung, keine Trauer, keine Verzweiflung, es ist irgend etwas, das sie nicht richtig fühlen kann, weil es zu groß ist. Sie hat Angst davor.

Sie läßt die Kippe fallen, nimmt ihren Rucksack, geht mit unsicheren Schritten zum Wasser und schaut auf die andere Seite, nach Asien. Wenn sie weinen könnte, würde sie sich wahrscheinlich besser fühlen, doch es kommen keine Tränen. Das ist das Ende ihrer Reise, sie steht am äußersten Zipfel von Europa, und sie würde am liebsten einfach losflennen, aber es geht nicht. Der Wind weht, und sie glaubt nicht, daß Daniel auftauchen wird. Oder Melek. Und selbst wenn, macht es keinen Unterschied mehr. Sie will nach Hause, sie will irgendwo hin, wo sie sich sicher fühlt, wo jemand ist, der sie in den Arm nimmt und ihr über den Kopf streicht. Sie will nicht hier sein, sie will nicht die mutige Abenteurerin sein, die nichts schrecken kann und die alles immer irgendwie gebacken kriegt, sie will nicht mehr an das Schicksal und die Liebe glauben. Sie will sich nur noch verkriechen.

Juli weiß nicht, wie lange sie da gestanden und aufs Meer gestarrt hat und hoch zur Brücke und dann von dort wieder aufs Wasser. Sie dreht sich erst um, als sie glaubt, ihren Namen zu hören.

Daniel steht vor ihr. Sie sehen sich in die Augen. Die Konturen verschwimmen. Juli hat das Gefühl, als hätte sie das schon mal erlebt. Wie war das noch mal? Sie stehen sich gegenüber und dann? Dann passiert etwas. Wenn sie sich konzentriert, kann sie rauskriegen, was es ist. Die Situation kommt ihr so vertraut vor, sie versucht sich zu erinnern, ob sie genau das hier vielleicht in der Nacht geträumt haben mag. Sie hat hier schon mal gestanden und Daniel gesehen, sie müßte wissen, wie das ausgeht, mit einer winzigen Anstrengung müßte sie ein kleines Stückchen in die Zukunft sehen können. So weit, daß diese unglaubliche Spannung, die sie lähmt, von ihr abfällt.

– Hallo, sagt Daniel.

Ja, sie wußte es, eine Zehntelsekunde, bevor er es gesagt hat. Sie braucht einige Augenblicke, bis sie den Mund aufbekommt.

– Hallo, sagt sie, du hast es geschafft.

Daniel nickt, sagt aber nichts, wieder sehen sie sich sekundenlang wortlos an.

Julis Gefühl, ein Déjà-vu zu haben, verschwindet, doch sie kommt sich vor, als würde sie neben sich stehen.

– Wo ist deine Verabredung? fragt sie.

Daniel blickt zu Boden, schluckt, sieht wieder hoch, steckt die Hände in die Taschen, holt sie wieder raus, reibt sie aneinander. Juli fühlt immer noch nichts. Daniel holt tief Luft, etwas das ihr im Moment unmöglich wäre, es lastet ein riesiges Gewicht auf ihrer Brust.

– Meine Herzallerliebste, sagt er. Ich bin tausende von Meilen gegangen, ich hab Flüsse überquert, Berge versetzt, ich hab gelitten und Qualen über mich ergehen lassen, ich habe der Versuchung widerstanden, und ich bin der Sonne gefolgt ...

Es ist, als würde jedes seiner Worte direkt in ihren

Körper fließen und ihn wieder weich machen, als würde sie von Energie durchflutet, die die Sorgen aus ihrem Körper schwemmt. Ihr wird warm, der Knoten in ihrem Magen löst sich, das Gewicht verschwindet von ihrer Brust, die Hand berührt ihr Herz nur noch ganz zärtlich. Ein Prickeln läuft wie eine Gänsehaut von ihrer Kopfhaut bis zu den Zehenspitzen.

– ... um dir gegenüberstehen zu können und dir zu sagen: Ich liebe dich.

Juli spürt, wie ihr Tränen die Wangen runterlaufen, sie paßt nicht mehr in sich hinein, sie läuft über. Sie schlingt ihre Arme um seinen Hals und legt ihren Kopf an seine Brust, sie kann hören, wie sein Herz pocht, sie möchte ihn ganz nah bei sich spüren. Sie möchte am liebsten in ihn reinkrabbeln. Sie ist zu Hause.

Nachspiel

– Hey, sieh mal, da ist ja der Freak. Da vorne, ist das nicht der Kerl, den du in Hamburg getroffen hast?

– Ja, doch, genau, das ist Daniel. Wer ist denn die Frau in seinem Arm? Doch nicht etwa die, mit der er verabredet war?

– Woher soll ich das denn wissen?

– Halt doch mal an, wir nehmen sie mit, sagt Melek, und Isa tritt auf die Bremse.

– Hallo, Melek, hallo, Isa, sagt Daniel, darf ich vorstellen, das ist Juli, die Frau, mit der ich mein Leben verbringen werde.

– Steigt ein, sagt Isa und deutet mit dem Kopf nach hinten.

Als Juli sich vorbeugt, um ihren Rucksack ans andere Ende der Rückbank durchzuschieben, rutscht ihr Top aus der Hose, die kleine Mulde, bevor die Pobakken anfangen, wird sichtbar, und Daniel sagt:

– Nein, das gibt's ja gar nicht, das ist ja genau die gleiche Sonne, wie ...

– ... die auf dem Ring, beendet Juli seinen Satz, dreht sich um und zieht ihn ins Auto, um ihn zu küssen. Das ist der schönste Tag in ihrem Leben, seit sie sich diese Sonne hat tätowieren lassen.

– Kennt ihr den Witz mit dem Frosch, der Jim Beam trinkt? fragt Juli, als sie aus Istanbul rausfahren.

– Ja, sagt Melek, den kenn ich schon.

– Der ist doch alt, den kennt doch jeder, sagt Isa.

– Kennt ihr auch den mit Johannes Mario Simmel?

Alle schütteln die Köpfe.

– Ein Mann kommt in eine Kneipe und sagt: Ich zeig euch mal was, das habt ihr noch nie in eurem Leben gesehen. Und er holt aus seinem Rucksack ein dreißig Zentimeter großes Männchen heraus und stellt es auf die Theke. Das Männchen geht bis ans Ende der Theke und sagt: Guten Tag, mein Name ist Johannes Mario Simmel, ich bin ein bekannter deutscher Bestsellerautor. Verbeugt sich und geht wieder zurück. Alle sind begeistert. Ja, sagt der Mann, da vorne ist doch so ein Wäldchen, und in dem Wäldchen lebt eine gutaussehende junge Fee, die einem Wünsche erfüllt, von der habe ich den. Einer der Kneipengäste stürzt sofort raus, kommt einige Minuten später wieder und hat ein Tablett in der Hand, auf dem zehn kleine Schweinchen sind, die alle eine Zitrone im Mund haben. Die Fee ist jung und sieht auch gut aus, sie erfüllt einem auch Wünsche, aber sie ist leider schwerhörig, sagt er. Ich wollte zehn Millionen in kleinen Scheinen und bekomme zehn Zitronen in kleinen Schweinen. Sagt der andere: Ja, glaubst du, ich wollte einen dreißig Zentimeter großen Simmel?

Sie fahren lachend in den Sonnenuntergang.

Am Ende dieser Straßen wird eine Tanzhalle sein, Musik, Menschen, die die laue Luft genießen, auf Treppenstufen hocken, rauchen und trinken, am Ende dieser Straßen wird eine Tanzhalle sein und eine warme Sommernacht, Heiterkeit, nackte Unterarme, die sich berühren, während man nebeneinander sitzt, ein leichter Wind, der die Haut umschmeichelt, seidige Stimmen und der Sternenhimmel, am Ende dieser Straßen wird ein Ort sein, wo wir unsere Wünsche vergessen.

Dank sei dem Allmächtigen,
der uns in das Buch des Lebens
geschrieben hat.

Nachwort

Vor ein paar Jahren, es muß so 1996 gewesen sein, drückte mir eine Freundin ein Buch mit dem Titel »Es ist so einsam im Sattel, seit das Pferd tot ist« in die Hand. Ich mochte das Buch und wollte den Typen kennenlernen, der das Ding geschrieben hatte. Ich rief die Auskunft an, und so lernte ich Selim kennen. Irgendwie wurden wir dann Freunde. Seitdem hat Selim drei weitere Bücher geschrieben. Ich weiß nicht genau, warum, aber sein zweites, »Nirgendwo & Hormone«, mochte ich am liebsten. Vielleicht, weil es eine Sonne auf dem Cover hat, wer weiß.

Ich schrieb damals an »Im Juli«, und Selims Roman inspirierte mich. Wir redeten davon, irgendwann einmal zusammenzuarbeiten, hatten aber keine Ahnung, wie und woran. Und als »Im Juli« gedreht und geschnitten war, tauchte die Frage auf, ob es ein Buch zum Film geben soll. Für mich gab es nur einen Autor, der dafür in Frage kam, und ich bin sehr froh und vor allem stolz, daß es geklappt hat.

Als ich das Manuskript zum ersten Mal gelesen hatte, war ich wie im Rausch. Normalerweise drehen wir Filmemacher Filme, schneiden und vertonen sie, und wenn der Film fertig ist, ist Schicht. Dann machen wir einen neuen Film oder Urlaub oder weiß der Geier was. Wir denken nicht mehr an unsere Figuren. Wenn ein Film fertig ist, fragen wir meistens nicht danach, was die Helden nächste Woche treiben. Ob es ihnen gut geht oder nicht – scheißegal.

Aber hier hat sich ein anderer Mensch mit diesen Figuren beschäftigt, ist in ihre Seelen eingedrungen, hat sich überlegt, was sie im »Off« treiben, was sie denken. Selim hat mir Dinge über meine Figuren erzählt, die ich noch gar nicht wußte, und das ist ein Riesengeschenk. Es gibt mindestens ein Dutzend

Momente in seinem Roman, bei denen ich mich frage, warum ich sie nicht gedreht habe.

Vielleicht mache ich es irgendwann mal so: Ich drehe einen Film, zeige ihn Selim, der schreibt einen Roman, baut Sachen ein, auf die ich niemals gekommen wäre, und ich drehe diese Szenen dann einfach nach!

Was mich auch fasziniert hat, ist die Eigenständigkeit seines Buches. »Im Juli« ist nicht einfach ein »Buch zum Film«, es ist Selim Özdogans neuer Roman.

Endlich haben wir zusammengearbeitet!

Fatih Akin, Sommer 2000